笑话，我纯粹就是个笑话

梁刚◎编著

当代世界出版社

图书在版编目（CIP）数据

笑话，我纯粹就是个笑话 / 梁刚编著. -- 北京 : 当代世界出版社, 2014.4
ISBN 978-7-5090-0958-1

Ⅰ.①笑… Ⅱ.①梁… Ⅲ.①笑话—作品集—中国—当代 Ⅳ.①I277.8

中国版本图书馆CIP数据核字（2013）第298648号

书　　名：	笑话，我纯粹就是个笑话
出版发行：	当代世界出版社
地　　址：	北京市复兴路4号（100860）
网　　址：	http://www.worldpress.org.cn
编务电话：	（010）83907332
发行电话：	（010）83908409
	（010）83908455
	（010）83908377
	（010）83908423（邮购）
	（010）83908410（传真）
经　　销：	新华书店
印　　刷：	三河市祥达印装厂
开　　本：	730mm×960mm　1/16
印　　张：	14
字　　数：	150千字
版　　次：	2014年4月第一版
印　　次：	2014年4月第一次
书　　号：	ISBN 978-7-5090-0958-1
定　　价：	19.80元

如发现印装质量问题，请与承印厂联系调换。
版权所有，翻印必究；未经许可，不得转载！

目录 Contents

这玉米是饭前吃还是饭后吃啊？——您这是要减肥吗 / 001

有那么点儿逗你玩的意思 / 005

学校里令人爆笑的学生 / 009

这些动物非常冷 / 014

小小的事，逗人爆笑 / 019

搞笑的老人、家长 / 022

超搞笑的冷笑话，冷得你唏嘘不已 / 025

广告与中秋 / 030

爆笑雷人事，存心找不痛快 / 033

夫妻斗嘴、吵嘴小笑话 / 036

冷着笑着，就把事儿说了 / 040

那些尴尬事，笑坏我了 / 044

幽默逗人的孩子们 / 047

经典里藏着冷笑话 / 055

这些夫妻，搞笑着就把日子给过了 / 057

老人生活里的笑话精选 / 061

这些倒霉的郁闷事，你肯定碰到过不少 / 063

幽默的词语妙解和数字释义 / 065

同学之间，有搞笑也有温情 / 071

讽刺一下，以解心头之愤 / 073

搞笑冷人的个性雷语一小串 / 076

动物世界经常上演冷幽默 / 083

开心糗事，逗你爆笑不止 / 086

各种球类之间互为偶像 / 090

水平很高的冷笑话 / 092

乐人糗事，逗你哈哈大笑 / 096

办公室里传出来的欢声笑语 / 098

有才：杂志迷的搞笑情书 / 101

冷笑话神通广大，无所不在啊！/ 104

幽默老板的爆笑雷语 / 110

平淡日子里爆笑的家庭笑话 / 112

面试和无奈的上班族 / 115

包青天系列冷笑话集锦 / 117

经典逗人笑的年轻男女 / 119

"神人"令人匪夷所思的瞬间 / 124

哇咔咔，小孩子太逗了 / 127

超好笑的家长，非把人笑翻不可 / 131

这笑话冷得让人直打哆嗦 / 135

爆冷之王乐翻天 / 139

幽默之"门" / 144

超逗的乱七八糟小笑话 / 147

程序员的笑话集锦 / 153

元芳体爆红：元芳，你怎么看 / 156

现实提醒你：莫要瞎操心 / 158

冷得人瑟瑟发抖，龇牙咧嘴的笑话 / 161

爆笑的恋爱青年 / 167

我的自娱自乐 / 169

小样儿，还反了——那些经典的小笑话 / 172

奋斗经典语录 / 177

微信就怕有互动 / 183

在屁股上放把火试试 / 185

气死老师的反义词考核 / 188

爆笑口误 / 191

原来哲理中也藏着笑点 / 194

雷人的小学生造句 / 197

签名说出心里话 / 200

比较下老婆和老妈，一比吓一跳 / 206

贬义词也能正着解 / 208

字说字话 / 213

这玉米是饭前吃还是饭后吃啊?
——您这是要减肥吗

"我一个朋友啊,眼睛特别小。"
"有多小?"
"小得眼睛里揉不进沙子。"

一天,和朋友去花店买花,看到一盆含羞草,手欠捅了它一下,发现它竟然不动,于是问老板怎么回事。
老板淡定地说:"这棵脸皮比较厚……"

某个寒冬,我看到一个女性好友抱着一条狗上街,问:"上街带狗干吗,不累啊?"
好友回答说:"不累,可以暖手。"

我们公司绝大多数是单身男,结果老板今年中秋节给我们的福利是和另一个全是MM的公司联谊旅游。联谊途中,我跟其中一个MM说:"这个中秋福利还是很不错的哦。"该MM一脸惊讶:"还不错?我们这是加班啊!"

早上在馄饨店吃早点,看见一妹子面前放了一碗豆浆、三个茶叶蛋,手里拿两个烧饼……只见那妹子嘴里塞着茶叶蛋,然后一声巨吼:"老板,我的大碗馄饨咋还不上?"

一个胖子向朋友请教减肥方法,朋友建议他吃玉米。第二天,他给朋友打电话说:"玉米已经买了。但昨天没问清楚,这玉米是饭前吃还是饭后吃啊?一次吃几个比较合适?"

"叩见陛下,微臣有要事启奏。"
"爱卿请讲。"
"微臣,微臣话到嘴边给忘了……"
"呃,爱卿平身回忆一下,俗话说跪人多忘事。"

一日,我照镜子,问正看电视的老妈:"妈,你看我最近是不是脸瘦了?"
老妈扭过头来,仔细端详了好久,说:"脸没瘦,眼瘦了。"

妈妈："女儿，你现在谈的对象是卖保险的吧？"

女儿："你怎么知道的？"

妈妈哼了一声，说道："打了将近半个小时的电话，说了五次'一定能让您终生受益'，不是卖保险的是干啥的？"

女儿：妈妈我想买车。

妻子：坐公交不是挺好的吗，方便又安全。

女儿：可是天天挤公交，你不心疼啊？

妻子：你不能买车，你开车别人太危险。

美国人训练了一个超级特工潜伏俄罗斯，地道的俄语发音，地道的俄式穿着和思维方式，连狐臭和酒瘾都和俄罗斯人一样。

特工在酒馆请人喝酒，别人问："你们美国人也喝伏特加？"

特工大惊，不知道破绽在哪里。

此人说："我们俄罗斯没有黑人。"

一艘国际游艇上，三只老鼠聚在一起。第一只老鼠说："我来自日本，吃的是生鱼片，喝的是清酒，什么都不用担心，从来没把机器猫当猫看。"

第二只老鼠说："我来自美国，吃的是奶酪，喝的是威士忌，爱去迪斯尼，忘记说了，我和加菲猫相安无事。"

第三只老鼠什么都没说，只是轻轻哼了一声："黑猫警长。"忽然一只健壮的猫跳出来，走上前说："头儿，您叫我？"

一个美国老太太一向不大相信医生，从来不去看医生。可是有一次，她不得不去请医生替她诊治。

事后医生对她说："两星期后请你再来一次。"

两星期后她准时到了，却拒绝付诊金，她说："先生，奇怪了！这次可是你请我来的呀！"

迈克是一名植物学教授，他为自己的工作感到自豪，并且总是试图让他的学生相信：植物学比其他学科都优越。

一天上实验课，迈克又开始大谈植物学的优越。他说："植物从不逃跑，吃得又少，还不会咬人。"

见学生没有反应，他拿起一个梨说："今天的实验，就是观察植物的果肉细胞。"

接着，他切了一小片梨做显微切片，然后拿起剩下的梨，大口吃了起来，一边吃，一边说："瞧，在其他实验课上，你们永远不能这样做。"

有那么点儿逗你玩的意思

一朋友用山寨机,特羡慕用苹果的。正好移动店搞活动:充699元话费送摩托罗拉,充799元话费送三星,充199元话费送苹果。

然后朋友充了199,提着二斤苹果回来了……

某商场营业员大声叫卖:"好消息,买一赠一。新进的苹果,买一箱赠一把水果刀。"

小华正巧放学路过,很高兴。她对营业员说:"你们想得真周到。"

营业员说:"唉,主要是这批苹果烂的比较多。"

医生告诉我们,额头长痘是肝脏和心脏有问题;唇周长痘预示着肠道有问题；印堂长痘是心脏功能不好；左脸颊长痘是肝脏和血液循环有问题；右脸颊长痘是肺部有问题；腮边颊长痘是淋巴循环不畅；下巴长痘代表着内分泌失调；太阳穴长痘是胆囊不好……所以我这种满脸都是痘的就该等死了，是吧？

几个男同学踢完球，一身臭汗回到教室。
甲说："如果我现在脱鞋，全班都得逃出教室，哈哈。"
乙听完淡定地说："我脱鞋后，他们连逃跑的机会都没有！"

宿舍进了一只蛐蛐，它叫一声，一室友学一声，完了来一句："你们先睡，我把它累死。"
结果第二天蛐蛐没累死，他的嗓子哑得几乎说不出来话……

有很多同学都在校外租房住，学校边上有一个小区包水费不包电费，于是乎……我有个学物理的朋友在家研究水力发电。

大冬天，宿舍没暖气。半夜，上铺的MM要去厕所，翻身起床，下铺的MM说："等我一下，我也去。"上铺的MM就等，那个冷呀。
过了一会儿还是没动静，对面的室友迷迷糊糊地说："你自己去吧，她说梦话呢。"

小明：时间有冲突的时候，我就用扔骰子来决定。1学语文，2学数学，3学历史……只有6代表出去玩。

小华：可我总是看见你在扔啊？

小明：做事要有耐心，多扔几次。

一个人的猫丢了，打电话到警察局，警察说："对不起，这不属于我们的职责范围。"

她向警察强调："你们不明白，那是一只非常聪明的猫，它就和人一样，会说话。"

警察："那它会打电话吗？"

中午下班回家，我问炒的什么菜。

妹妹抢先说："豆角炒肉。"

我看了满盘子的豆角问："肉呢？"

妹妹说："在豆角里面，你挑有虫窟窿眼儿的吃。"

昨天去洗澡，我对搓澡的师傅说："师傅，我有点儿脏，最近忙有阵子没洗澡了。"

师傅大度地说："这都不是事，我干搓澡这么多年，多脏的没见过啊。"

搓了一会儿，师傅说："小伙子，你过分了啊！"

最近回老家了一趟，由于走的时候比较匆忙，碗筷泡在池子里没洗。

一周后，我回到家里，一周前的碗筷还安静地躺在水池里。

那时是夏天，乱七八糟的东西被泡了一周，居然一点儿也没臭。

正在打游戏的程序员老公缓缓地抬起头，骄傲地说："那是！我每天都换水！"

"有那工夫你干吗不把碗洗了？"我一脸无奈地说。

他低头想了想，说："那也是个办法。"

在一棵树上看到有人贴了一张寻狗启事："这是一张我们走丢了的狗狗的照片，假如您看见它，请给我们来电！"

于是我打电话过去说："我看见你们走丢了的狗狗的照片了！"

有个人在银行门口摆摊卖煮玉米，生意非常不错，时间不长，便攒下了一笔钱。

有个熟人听到消息后，就找他，想从他那里借一笔钱去做生意。

卖玉米的人对借钱的人说："非常抱歉，我在这里摆摊的时候就已经和这家银行签了合同，我们不搞竞争，就是说银行不卖煮玉米，我呢也不提供贷款服务。"

学校里令人爆笑的学生

上课铃已经响过了,教室里还闹哄哄一片。老师一拍桌子,顿时安静了。

接着老师吼道:"上课铃你们听不见啊?"

一阵鸦雀无声后,教室的角落传来一个低沉的声音:"哪次下课铃你听见了?"

老师:谁能用最简单的语言讲一件意外的事?

学生:老师,昨天我家的狗病了,我爸请了兽医。后来,兽医来了……原来兽医也是人!

几个中国的学生带着一位外籍老师去吃西餐。席间,一只蚊子飞来飞去,最后在老师的脸上叮了一口。

老师笑了笑说:"没想到蚊子也欺生啊!"

一学生回答:"不是欺生,是蚊子最近口味变了,它们流行吃西餐了。"

老师帮一个小学生填写报名表,问:"你爸爸是做什么工作的?"

小学生骄傲地说:"我爸爸是省长!"

老师吓了一跳,问:"是哪个省的省长啊?"

小学生答:"我上幼儿园的时候,爸爸从不给我买玩具,能省就省,阿姨们都说我爸爸是最省钱的家长,后来就叫成了省长。"

老师:如果我给你两只兔子,比利给你两只兔子,玛丽给你两只兔子,最后你一共有几只兔子?

汤姆:七只。

老师:不对,再来一次,这次听清楚了。我给了你两只兔子,比利给了你两只兔子,玛丽给了你两只兔子,最后你一共有几只兔子?

汤姆:七只。

老师:还是不对,那我换一种说法吧,如果我给你两只鸽子,比利又给你两只鸽子,玛丽再给你两只鸽子,最后你一共有几只鸽子?

汤姆:六只。

老师:很好!现在我们再回到刚才那道题:如果我给你两只兔子,比利给你两只兔子,玛丽给你两只兔子,最后你一共有几只兔子?

汤姆:七只。

老师：你到底怎么搞的？兔子和鸽子不是一样吗？

汤姆：不一样，我家里已经有一只兔子了。

就要念大学了，妈妈问我："你一个人出省不怕吧？"

旁边的二姨抢着说："长得那么丑，不管做什么事都不怕！"

我很淡定地说："谁说的，至少照镜子的时候会害怕！"

有人问："你们学校到底有多大？"

我回答："我们学校西边宿舍楼的男生不和东边宿舍楼的女生谈恋爱，原因是都接受不了异地恋。"

如果你认为老师太苛刻，那是因为你还没遇到老板。

一日，隔壁宿舍一同学落在我们宿舍一件T恤，晚自习后，室友A进门，洗脚完毕。

A："谁的衣服？"

答："隔壁某某的。"

于是A坏笑着用衣服擦了脚。

室友B进门。

B："谁的衣服？"

答："隔壁某某的。"

于是B坏笑着用它擦了脸上的汗。

一日深夜，我辗转反侧，夜不能寐，遂发短信给外寝一姐妹："郁闷中，陪我聊会儿吧。"

不一会儿，姐妹回信："好吧，想聊什么？话题由你定！"

我想了想，乐着回复道："那我们就聊点沉重的话题吧，比如说——你的体重！"

一阵沉默过后，姐妹回短信，上面写道："这也太沉重了吧，那我们还是聊点肤浅的吧，比如说——你的智商！"

语文课上，某同学睡着了，坐在边上的同学突然叫醒他，并小声说"读课文第三段"。他马上起身大声读了起来。正在写字的老师吓了一跳。老师郁闷地看着他问："同学，你有什么问题吗？"他貌似知道了什么，淡定地说："这段写得真好，我给大伙念念！"

宿舍里一哥们儿有一个好习惯，就是每天起床后把被子叠得四四方方。一天，他指着刚叠好的被子，冲我炫耀："看咱叠的被子跟当兵的叠的豆腐块一模一样！"我鄙视道："配上你那天天不洗的臭脚，跟'臭豆腐'一模一样还差不多！"

有一次，我们班一个男同学对一个女同学说："你的脸好像荔枝。"那个女同学高兴地说："你是说我的脸很白呀？"

男同学说道："还没剥皮的。"

上高中的时候几个同学在厕所里面偷偷抽烟,被教导主任看见了。大家都紧张地看着教导主任,只见他从兜里拿出一根烟,说:"你们抽吧。"他们说:"不抽了,老师。"主任又说:"抽吧,别客气,你们一人一口,谁先掉烟灰谁就回家叫家长……"

老师在黑板上画了个苹果。
问一个同学:"这是什么?"
同学说:"屁股。"
老师把苹果涂红,又问。
同学说:"猴子屁股。"
老师又在上面画个树枝,再问。
同学说:"插了树枝的猴子屁股。"
第二天该生被开除了。

 ## 这些动物非常冷

♥

　　小鲤鱼跟随妈妈生活在鱼缸里,中午,鲤鱼妈妈要午休,小鲤鱼拱着一团水藻上蹿下跳玩得不亦乐乎。
　　妈妈被吵得无法入睡,怒吼道:"安静点儿,要不你到外面玩去。"

　　蚊子甲不满地说:"这块富人区我们不能待了,血的质量太差,这样吃下去,早晚要三高的。"
　　蚊子乙赞同地说:"对!为了我们的幸福生活,我们要吸穷人的血。"
　　蚊子丙感慨地说:"穷人真倒霉,越穷越被叮。"

　　小蛇问爸爸:"爸爸,我们有毒吗?"

蛇爸爸说："你问这个做什么？"

小蛇："我刚才不小心咬到舌头了。"

♥

小象和妈妈趁着月色溜出了动物园，一起撒欢地跑啊跑。跑到高架桥下时，象妈妈忽然停下来，紧紧抱住了小象的头。

小象仰起脖子问："妈妈，你怎么啦？"

妈妈："宝贝，小心射象头！"

♥

毛驴再也不想拉磨了，心想一天到晚就围着磨子转，能有什么出息？主人送了它一副黑色的眼罩，说阳光大戴上这个可以去一个很远的地方。

毛驴很高兴，跟着主人走了一天。傍晚时分，主人说就在这家休息吧。

驴子惊讶地发现：赶了一天的路，这家的驴棚和主人家的一样。

♥

一只熊抓了一条大鱼回家。熊对鱼说："你自己选择一个死法吧，然后让我吃掉你。"

鱼说："不管什么死法，请让我死得舒服点。"

熊说："你是让我电死你、淹死你，还是烧死你，你自己选择吧。"

鱼说："那还是淹死我吧。"

♥

动物园组织小动物献血。

小鸡听到后非常高兴:"耶耶耶,我身体里都是鸡血,我好兴奋。"

蚊子听了悄悄问:"别人的血可不可以献?"

小狗说:"我不要献血,我体质差,生病了。"

兔子一听,噗的一声,笑得兔血了:"你这理由编得也太狗血了吧?"

鸭子走上前来,说:"我粉丝多,让它们献吧。"

♥

在一条小河边,一只大象正在喝水。忽然,它看见一只乌龟在河边睡觉,嘴里面还说着梦话。

大象愤怒地走过去,一脚就把乌龟踢飞了。

"你为什么这样做啊?"长颈鹿问道。

"它就是在五十年前咬过我鼻子的那只乌龟。"

长颈鹿感叹道:"多好的记忆力!你还能想起来那么久远的事情啊?"

"好什么!是乌龟说梦话说出来的。"

♥

小青蛇去美容院割双眼皮,却被做成了"四眼皮"。

看到自己美容不成反遭毁容,小青蛇痛不欲生,决定到法院告美容院。

当它冲出美容院刚要打车时,一群黄鼠狼竟吓得四处逃窜,有两只黄鼠狼边跑还边说:"大哥,它只不过是只小蛇,我们跑什么

啊？"

"兄弟，好汉不吃眼前亏，眼镜蛇再小也有毒啊……"

♥

动物们搞起了特色旅游，擅长远路的骆驼搞起了"丝绸之路一月游"；擅长游泳的鲸鱼搞起了"漂移海洋看喷泉七日游"；好吃懒做的鳄鱼则把自己伪装成了水陆两用吉普车，并将嘴巴改成了车门，然后停在沼泽地边做起了生意，广告牌上写着：水陆两用吉普，终生免费。

♥

鲤鱼和泥鳅到中央情报局应聘唯一一个间谍职务，考官让它们介绍自己的特点。

鲤鱼说自己擅长跨栏，可以跃过龙门。

考官又问泥鳅，泥鳅看到鲤鱼的条件那么好，对自己就没了信心，弱弱地对考官说，自己胆小如鼠，平时有点儿动静就会吓得钻进淤泥里，有一次为了活命还拼命钻进了豆腐里……

考官大喜，说间谍一职非你莫属。

鲤鱼不满："为什么是它？"

考官嘿嘿一笑："因为你又蹦又跳喜欢出风头，做间谍迟早会暴露，而泥鳅不然，因为它擅长'潜伏'……"

♥

1000只蚂蚁坐在一根树枝上，树下站着一只肥壮的大象。

一只蚂蚁提议说："哎，如果我们同时跳下去落在大象身上的话，我想一定能把这个胖家伙干掉！我数三下，大家一块跳啊！1，

2，3！"

话音刚落，999只蚂蚁同时落在了大象的背上，但第1000只蚂蚁却还坐在树上。

蚂蚁们很生气，抬头问："哎，你怎么不跳啊？算上你我们就能把它干掉了！"

那只没跳下来的蚂蚁说："哎，都让让，都让让！我来给这家伙致命的最后一击！"

老蛐蛐为爱女蛐美举行"抛绣球招亲"仪式，各路昆虫因垂涎蛐美天籁般的歌声，都踊跃参加。

经过一场激烈拼抢，绣球竟被蜈蚣抢到。

老蛐蛐请蜈蚣上台发言，麦克风中传来蜈蚣激动的话："今天之所以能够抢到绣球，多亏了我的手比别人多啊！"

小小的事,逗人爆笑

今天在网上买的假劳力士到手了,忽然想起《古惑仔》里面陈小春那个表拍一下就坏了,我就试了一下,发现原来电影还是有它真实的一面的。

在看一本言情小说,里面写道:"能娶到××,对他来说是捡了个大便。"心里一阵惊讶,翻开下一页,出来了个"宜"字,这排版水平真坑人啊!

刚刚在商场听到一个男人催促流连忘返的老婆:"快点儿买完快点儿走!一会儿现形(限行)了!"心里一惊,难道这一家子人是妖怪?!

以前想学《成长的烦恼》里的迈克作弊，把考试内容写在鞋底上，为此特意买了双平底鞋，万事俱备，没想到那天下雨了……

初中上语文课，学习的是《最后一课》，老师先给大家朗读课文，读到最后一段时老师说："'下课了，你们走吧'……"一个同学当时正在睡觉，听到这句，提起书包就冲出教室，全班哗然。

新生开学，一同学背着行李进到我们宿舍，他问躺在下铺睡觉的我："你上铺没人住吧？"我迷迷糊糊也没在意，随口答道："没有！"那同学听后使足全身的力气把一大包行李扔到了我上铺。结果……上铺没床板！

一同学是学校魔术协会的会长，手法很快，很灵活。一次考试时作弊，老师发现他很可疑，可是搜完全身都找不到作弊用的东西。老师很是郁闷，以为自己搞错了。第二天，要求加入魔术协会的人挤满了一个教室……

一无线电专业的学生，因盗窃被抓进110警车。
警察：这次人赃俱获，你还有什么要说的？
学生：我承认是我偷的。可是我觉得你们让我坐这样的车有点歧视我。

警察：这话从何说起？

学生：哼，交流电压还220，你们让我坐110，这不是歧视是什么？

一痴情男子月食夜深情表白："我爱你，月亮代表我的心！"

女孩看了看天空："你的心果然被狗吃了……"

一MM长相极丑，但她却总以为自己漂亮得无敌。

有时她甚至为此疯疯癫癫，走在大街上见人就问："我漂亮吗？"

这天，当她走在大街上时，迎面走来一位帅哥，于是她赶紧上前去问："帅哥，你看我长得漂亮吗？"

帅哥："你有病啊！"说完，帅哥迅速离去。

这MM非常高兴地自言自语道："这个帅哥太专业了，居然知道我是'病态美'！"

搞笑的老人、家长

女儿：我爸最疼我了，在我记忆中他从来没打过我。

父亲：我以前很凶，小孩不听话就打，直到有一次把闺女打失忆了……

有次我和爸爸看《珍珠港》，美军的船沉了，海里好多士兵乱扑腾，挣扎着。

我觉得奇怪，于是问我爸："爸，怎么海军不会游泳？"

我爸瞟了我一下，说："你见过空军在天上飞吗？"

因为头天晚上儿子一边看电视一边吃瓜子，弄得沙发和地上到处都是瓜子皮，所以第二天一大早，老婆硬把儿子从被窝里拽出来，气急败坏地勒令他把客厅地面打扫干净。

老爸既心疼又无奈,一会儿,他开始在一旁鼓励起儿子:"孙子呀,好好扫,中国有句古话讲得好——屋不扫何以扫天下?现在咱们扫屋里,长大了才能扫天下!"

没想到,儿子叹口气说:"爷爷,您把那句古话说给我奶奶听吧。我奶奶都扫好几十年的地了,现在头发都白了,也没见她扫过天下呀。"

晚上,老婆跟儿子说:"我明天要去姥爷家,你去吗?"

儿子听了高兴地说去。

老婆说:"看把你高兴的,你去的目的还不是想让姥爷买糖果给你吃?"

儿子说:"我才不想吃糖果呢。好久没见姥爷了,我只是想看看他个子长高了多少。"

今天,小姑打电话告诉我,奶奶又发明了一种新的糕点,并且是以我的名字命名的。

不过不是因为糕点好吃,而是因为它长得比较胖……

给外公家打电话。电话拨通了,是耳背的外公接的。

"外公,我是佳佳。"

外公:"哦。"

"您吃饭了吗?"

"哦。"

"我外婆好吗?"

"哦。"

"那外公,我挂了啊。"

就在我挂断电话的一瞬间,听见电话那头来了句:"你哪位呀?"

老妈要过七十岁生日了,我给她买了件颜色很花的衣服,回去让她穿上试试看,老妈很高兴:"我闺女真好,又给我买新衣服了。衣服穿上去很合体。"

我问:"喜欢吗?"

老妈说:"穿着倒是挺合适,就是颜色暗了点儿,显得我有点儿老。"

爷爷带着孙子去钓鱼。可是,钓了老半天一条也没有钓到。

临回家的时候,孙子问:"爷爷,为什么以前每次跟你出来钓鱼总是满载而归,今天却一无所获呢?"

爷爷一边收钓竿一边说:"莫非这水里的鱼也知道你爷爷退居二线了?"

超搞笑的冷笑话,冷得你唏嘘不已

"国师,朕今早上起来,发现传国玉玺竟少了一个角。玉玺乃一国之宝,象征江山社稷,国师,现在它碎了一个角,这说明了什么呢?"

国师:"陛下,这说明您没拿稳。"

白蛇与许仙新婚之夜。

白娘子:官人,新婚之夜我有件事情要告诉你,其实,其实我是蛇妖。

许仙:妈呀,我好怕,不过,我也有事情要告诉娘子,其实,其实我是个女孩子。

星巴克入驻灵隐寺,从此遁入空门。以后会有如下对话:

"施主,请问您是要大悲(杯)还是超大悲(杯)?"

"大师,请问我能续悲(杯)吗?"

一武林高手前往少林寺挑战,他指着少林寺的四大护法僧人喊道:"报上名来!"

四大护法僧人喊道:"贫僧圆通!贫僧申通!贫僧汇通!贫僧中通!"

高手怒道:"难道你们方丈法号是顺风?"

"施主息怒,非也非也,我们方丈法号全球通。"

高手当场下跪,哭道:"爹啊,我就是你失散多年的儿子——联通啊!"

我梦见自己加入了一个特工组织。

考官一脸严肃地告诉我:"做特工的人,必须相貌平凡,让人记不住你长什么样。你的成绩排名第二,是唯一合格的人。"

我问他成绩第一的怎么没被录取。

考官回答说面试后所有人都忘了他长什么样子了……

"送子观音你也要拜吗?"

"当然,拜拜又不会怀孕。"

医生:"你能不能看到墙上的字?"

病人："什么字，哪儿呢？"

医生啪盖了个章，说："你通过了听力测试。"

今天客户来银行取钱，坐下来一句话说得我石化了："你好，我死期到了。"

今天跟一个当老师的朋友吃饭，她抱怨说现在的孩子很不好管，说什么都不听。我就说："拿出你的威信来啊！"

她愣了一下说："我没开通啊……"

一辆客车上，劫匪对司机说："给我一个不杀你的理由。"

司机淡定地说："我在开车。"

前些天感觉胸口很闷，就去了医院。

医生看着我的X片，皱着眉头对我说："你以后要少抽点烟了。"

虽然有些疑惑，但我还是听从了医生的建议，回来后我就买了几包烟，开始学习抽烟了。

一位老大爷上了公交车，年轻人纷纷让座。老大爷见前面有个放着小包的空座，于是一一谢绝了，并客气地让坐在空座旁的小伙子拿

开小包。不想小伙子竟无礼地说："这小包和我一样，比你上车早，它凭什么不能在座位上？"此话当即受到乘客的斥责。一位大娘气愤地说："座位是坐人的，不是放东西的，你和小包一样，难道你也是东西？"小伙子嘟囔道："我当然不是东西。"

今天我妈跟我说："好像快到七夕情人节了，你约不约会啊？"我愣了一下，说："我跟谁约呀？"她说："哦，那你要是不出去玩，那天就在家看家吧，我跟你爸出去。"

在武侯祠门口买了把诸葛亮的羽扇，一个小朋友指着我开心地对他妈妈喊："妈妈你看，济公！"

"我成亲了。"
"恭喜恭喜，啥时候成亲了？"
"昨儿个注册了个淘宝，就成亲了。"

驾驶班的一个学员考完驾照后问教练："我开得怎么样？我可以让我爸给我买车了吧？"
教练："多买几辆吧！"

青年：禅师，水到沸点会发生什么现象？

禅师：滚。

一女爱写稿，因作品欠佳，总被退稿，她郁闷地在微博上写道："从前有一个公主，总爱写稿子，可她写得并不好，总是被退稿，后来她就变成了'白写公主'。"

去纳木错湖的路上，一个游客说："藏民都好有钱哦，普洱茶叶都随便晒在地上。"

导游无奈地说："那是牦牛粪……"

广告与中秋

1.
美特斯邦威:不过寻常中秋!

2.
特步:中秋回家路,飞一般的感觉。

3.
百事:中秋无极限!

4.
森马:是什么人,过什么样的中秋!

5.
脑白金:今年中秋不喝酒,要喝就喝天佑德!

6.

汇仁肾宝：中秋想家，你想，我也想！

7.

李宁：中秋偶遇，一切皆有可能！

8.

农夫山泉：中秋有点烦。

9.

好迪：大家一起过中秋，才是真的中秋。

10.

白加黑：去年一个人过中秋，不瞌睡；今年回家过中秋，睡得香。

11.

联想：如果中秋没有回家，人世情感将会怎样？

12.

清嘴：你知道中秋思乡的味道吗？

13.

钙中钙：现在的中秋啊，它月饼价格高，一块顶过去五块，难吃！你瞧我，吃一口吐了5天，还止不住！

14.

中国移动：中秋，让沟通无处不在！

15.

丰胸胶囊：中秋不回家，没什么大不了的，不回家，挺好的！

16.

迪比尔斯珠宝：中秋恒久远，月圆永留传！

17.

英特尔奔腾处理器：给中秋一颗思乡的"芯"。

18.

交通标语：中秋一杯酒，亲人两行泪！

19.

乡村标语：中秋回家，人人有责！

20.

诺基亚：中秋以人为本。

21.

杜康酒：何以团圆，唯有中秋！

爆笑雷人事，存心找不痛快

火车车厢里人山人海，几乎没有落脚之处。

无奈之下，我将行李架上的东西挪了挪，然后坐在了上面。

不一会儿，一漂亮的乘务员走过来，冲我大吼道："下来，下来，那上边是装货的，你算什么货？"

我一听就火了，冲那乘务员大吼："老子是窝囊货。"

乘务员："……"

弟弟骑车把一个胖姑娘给撞了，结果姑娘说："你陪我去医院给膝盖抹点红药水就行了，不要什么赔偿。"

弟弟说："妹子你真厚道，来，你把裤腿撩起来，我看看伤得重不重，咦，你这腿肚子是胖的还是撞的啊，这么粗……"

姑娘后来跟弟弟要了1000元赔偿费。

到家第一件事就是马上向老妈扑通一声跪下:"妈,我没泡到妹子。"

"傻孩子,没关系的,起来吧,男孩子以学业为重。"

"哦,也对,还有我挂科了……"

"谁让你站起来的!"

某男到餐馆吃饭,他对老板娘说:"给我来碗牛肉素面条,稀稀的不带汤。"

老板娘就去告诉厨师了。

等了一会儿,厨师拎了一把菜刀出来了:"你来跟老子说下怎么做,来!"

"事到如今我真后悔当初没听我妈的话。"

"你妈说什么了?"

"不是跟你说了我没听吗。"

和一朋友逛街,在公交车站上发现车费差五毛钱。

看到旁边有一乞丐,朋友过去拿了人家五毛钱说:"反正你天天在这儿,先借我五毛,明儿还你。"

乞丐微笑着点了点头……

我去女友家玩，和她爸爸一起吃饭。屋子里就我们三个人。

电视里正放着一个长得很猥琐的老男人，女友开玩笑说："长得真像你爸！"

我正吃饭头也没抬，说了句："像你爸！"

A：你的理想是什么？

B：我羡慕"君子"这个称号，君子动口不动手，过着"衣来伸手，饭来张口"的生活。我没有那么好的命，退而求其次，就做一个梁上君子吧。

A：啊，小偷啊？

夫妻斗嘴、吵嘴小笑话

老婆：在看什么？

老公：看我当年写给你的情书。

老婆：什么情书，那就是投降自白书。

老公：别忘了，你还给我写过情书呢！

老婆：哈哈，那是招降通知书。

老婆：假如今天我跟你妈妈掉水里了，你先救谁？

老公：你不上班啊？

老婆：假如是周末。

老公：那我妈要买菜做饭，哪有空陪你到水边玩啊。

老婆：假如是在外面吃。

老公：那直接去吃饭就是了，去水边做什么？

老婆：假如饭店在湖边。

老公：有没有保安？

老婆：假如没有保安。

老公：那还有服务员。

老婆：假如没有服务员。

老公：那还有厨师。

老婆：假如没有厨师。

老公：那还有经理。

老婆：假如没有经理。

老公：你去一个没有厨师、服务员、保安、经理的饭店干什么？

老婆：……

某个周末，老公摆弄我的手机时，突然收到一条短信。

他打开一看，有点儿不高兴了，我凑过去一瞧，内容是："风在刮，雨在下，我在等你回电话。"是个陌生号码发来的。

我笑着说："谁呀，这么神经！"

话音未落，又来了一条短信："为你生，为你死，为你守候一辈子。"

老公的脸立时阴云密布，一个劲儿盯着我不放，我马上说："瞧我干什么，准是发错了。"

正说着，短信又来了："对不起，发错人了，赶紧删掉，免得让你爱人看到。"

老公一看，更生气了，马上回复："我就是她爱人，都看到了，你说怎么办？"

不一会儿，短信又来了："咋办？那就按前两条短信说的去办，好好疼你老婆！"

老婆在照镜子时自夸地对正在喝汤的老公说："你看我，多像一个未曾嫁人的大姑娘！"

老公看了看老婆，然后用手一指碗里的汤说："你看这汤，多像一碗纯净水……"

晚上下班回到家，我拿出计算器正在算着当月的各项费用，老婆坐在对面又唠叨开了，一会儿说这个月电费多了，一会儿说这个月水费超了，一会儿又说全家人一定要节约。

终于唠叨完了，不忘推我一把，提醒道："听见没有，我刚才讲了那么多，总之是……"

老婆猛一推，我一下子按错了计算器的键，只听一个响亮的电子女中音接着说："等于零。"气得老婆七窍生烟，怒视着我。在一旁做作业的儿子早已笑弯了腰。

一日K歌回来，老公喝醉了，听说醉后都会说实话。

于是我问道："以后有钱了干吗？"

老公："要娶五个老婆！"

我怒了："为什么不学韦小宝娶七个回来？"

老公恍惚道："太累，我需要双休！"

老公：我强烈要求给我涨零钱，现在油涨了，气涨了，物价什么都涨了，可就是我的零用钱没涨，烟酒钱没涨，这样不公平，你总得给我涨点东西吧。

老婆：好吧，我对你的爱涨了。

一对年轻夫妻吵架，女的比较胖。

女：来啊，打我啊，你不是要一巴掌把我拍墙上抠不出来吗？你拍啊，拍啊！

男：我上哪儿给你找那么厚的墙！

妻：你说说，自从嫁给了你，我得到了什么？

夫：你看，丈夫你有了吧，孩子有了吧！

中午吃饭的时候，老婆突然不停地咳嗽起来，我忙问她怎么了，老婆说："噎……噎着了……咳……咳……快……快帮我拍拍……"我连忙掏出手机，给她拍了一张。

小莉和国外老公结婚后，第一次在中国过情人节。

老公提议晚上吃烛光晚餐，并自告奋勇去买蜡烛。一个小时后，他兴冲冲地回来了，手里还捧着一大包东西。

小莉问："蜡烛买到了吗？"

他一边往外拿东西，一边高兴地说："我没找到白蜡烛，就买了红蜡烛回来，你赶紧把它们点上吧。"

小莉一看他手里举的东西，没好气地说："还是你点吧，我可不敢，你这小'蜡烛'，中国人叫它鞭炮。"

冷着笑着，就把事儿说了

你在我的特别关心里，却不在我的最近访客里。

我的耳朵不是垃圾桶，别什么话都往这里扔。

人生两大谎言：爱你一辈子，这衣服显瘦。

现代人的《红楼梦》就是：分红，买楼，还做梦。

问：需要达到什么级别能拥有自己单独的带大窗的办公室，还可以高声地呵斥很多人?

答：门卫。

上班就像旧时代的婚姻，明明不幸福还得长相厮守。

每当我错过一个女孩，我就在山上放一块砖，于是，这世界便有了长城。

老婆：你是我见过最可爱的人！
老公：我就喜欢你这种没见过世面的……

世界上最远的距离不是生与死的距离，而是未来的岳母站在我面前却只能叫声阿姨。

女人如衣服……没了一件，还会再有一件……你以为，我没了你这件衣服，我就要裸奔吗？

没头脑的人说出来的话总是让人不高兴。

看到压缩包有"解压到桌面"的选项，连它都知道压力大了就该摆桌饮酒。

肯定有人往我床上涂双面胶了，要不为什么怎么挣扎都挣扎不起来。

故天将降大任于斯人也，必先苦其心志，劳其筋骨，饿其体肤，空乏其身，行拂乱其所为，接着老天说不好意思认错人了。

人无远虑，必有近忧。人若远虑，必定愁死。

精神分裂也不是一点儿好处都没有，至少一个人走夜路的时候有人陪。

善有善抱，恶有恶抱，感觉它们很幸福，我却没一个人抱。

上天对我不公。我天天吃猫的食量，却让我有猪的体型。

一阵狂风刮来，姑娘的遮阳伞突然从"个"变成了"丫"。

"亲"这个字的确很肉麻,不过仔细看它,你会发现"亲"这个字的主体承重结构是"￥",难怪网购的都是亲。

经常熬夜有三大弊端:第一,记忆力越来越差,第二,数数经常会数错,第三,最重要的就是记忆力越来越差。

我国第一个遗体器官捐献者是盘古,我国第一位女性泥塑家是女娲。

文身师傅问我是要文黑狼还是金狼,我说既然是出来混当然要有雄心,还得学会隐忍。最后,他为我文了一只——灰太狼。

"无言独上西楼,月如钩",这是耐克在华最早也是最成功的植入广告。

在线是为你,隐身也是为你。在线是怕你找不到,隐身是怕碍了你的眼。

爱迪生有一次和一对情侣出去玩,回来就发明了电灯泡。

那些尴尬事，笑坏我了

♥

那天坐公交车，在拥挤、嘈杂的环境里，听到了一段爆笑的对话。

一年轻女子："你看你，踩到我的脚连个屁都不放。"

一男平和缓慢地说："踩到你的脚已经很对不起你了，如果再冲你放个屁，我还是人吗？"

顿时，车厢里一片哄笑。

♥

那次到国外旅游，我们走进一家挂满漂亮衣服的服装店。

我们随意地试穿着衣服。两个店员却以古怪的眼神盯着我们，使我们感到很不自在。

终于，一位会讲汉语的顾客动了恻隐之心。

她悄悄地向我们解释："对不起，这是一家干洗店。"

♥

一家酒馆里,有个倡导禁酒的人在高声演讲:"大家可以看看,这个镇子里谁最有钱?是酒馆老板;谁家的房子最大?酒馆老板;谁穿的衣服最好?还是酒馆老板。他们的钱从哪里来的?就是从你们这些酒鬼身上赚的。"

他还没讲完,就被酒馆里的人赶了出来。

过了一段时间,这个演讲者在街上遇到一个人,那人非常激动,拉着他,一直夸他的演讲非常好,使他受益匪浅。

演讲者高兴地说:"看来你已经戒酒成功了!"

那人摇摇头,笑笑说:"那倒没有,不过我也开了家酒馆。"

♥

一朋友应邀到女友家做客。可是女友家人说话的时候朋友发现他根本插不上嘴。遇到冷场的时候,大家都盯着他看,他为了掩饰尴尬,便拿起桌上的苹果咬了一口。没想到,这个苹果居然是塑料的。

♥

一天下午在图书馆上自习,很静,我不经意间放了一个又响又长的屁。旁边一戴眼镜的同学一直在专心看书,只见他先是掏出自己的手机看了一下,然后扭过头来看了我一眼,说了句:"同学,你的短信。"

♥

俩文艺青年聊四大名著。

A说:"你发现没有,四大名著里排行第二的都是很厉害的顶尖人物。"

B不明白,问:"为什么这么说?"

A:"你看《水浒传》里的武松武二郎,《三国演义》里的关羽关二爷,《红楼梦》里的宝玉宝二爷!"

B想了下,问:"那《西游记》里的二师兄呢?"

一猛男长跑特厉害,一女生跑来羞答答地对他说:"帅哥,可以追你吗?"

该男愣了两秒,向跑道方向跑去:"好啊,来追我啊!"

我冒充女神男友给女神快递过去玫瑰花,然后选择货到付款,后来女神怒了,与其分手。

刚来北京,租了一个小房,一楼,上淘宝买衣服,付钱了联系卖家:"我已付款,请发货。"

谁知那人直接说:"我看到你地址了,自己上楼来拿吧!我就在你楼上。"

♥

有个人走进银行对出纳说:"请帮我开一个联名账户,谢谢。"

"好的,请问您要和谁开呢?"

"谁钱多和谁开。"

幽默逗人的孩子们

老婆怀的是双胞胎,肚子很大。

一次我们在外面吃饭,一个小男孩肚子也很大,他一直看我们。

过了一会儿,他终于忍不住跑过来,指着老婆的肚子,再看看自己的肚子,担心地说:"阿姨,你别再吃了!"

一次批小学语文卷,要求用"有……有……还有……"造句。

一个学生是这样写的:"昨天去奶奶家,奶奶给我拿个鸡腿。我都吃完了问奶奶还有吗,奶奶答:'有,有,还有!'"

前几天跟同事学了个新菜,把吃剩下的西瓜皮洗净切成片,放入辣椒、豆豉一起炒很好吃。回家炒了一盘,别说,味道还真不错,老

公和儿子连说好吃。"什么？这是西瓜皮？"当儿子听说这菜是西瓜皮做的后，说什么也不动筷子了。

我问："宝贝，怎么了，刚才你不是还说好吃吗？"

儿子小嘴一撇，气呼呼地说："我才不要吃西瓜皮。儿歌里说：'不要脸的东西厚脸皮，我吃西瓜你吃皮。'"

姐姐和姐夫平时非常努力地教育我三岁的外甥，要他成为一个有礼貌的孩子，要学会说"谢谢"。

有一次他看见我在吃药，跑过来深情地说："谢谢，小姨病了。"

为了配合教育，我便回答："不用谢，这是小姨应该病的。"

一天早晨，七岁的女儿正准备去上学，妈妈来到女儿房间一看，发现床上的被子和枕头都东倒西歪的，妈妈不满地对女儿说："乖女儿，你房间收拾好了？"

女儿看了看，满不在乎地说："妈妈，别着急，还没收拾好呢，我只是打了一个草稿而已。"

今天监督侄子写作业，写着写着，他忽然把笔搁下，满怀怨恨地喊："我恨秦始皇！他烧书，居然没有烧完！"

带儿子散步，儿子远远落在后面。

他问:"爸爸,你怎么走那么快?"
我说:"我是大人呀。"
儿子恍然大悟道:"我走得慢是因为我是小人呀。"

儿子:爸爸,我想出去玩。
爸爸:不行,外面太热了。
儿子:真热吗?你没骗我吧?
爸爸:真的,你看我都吹电风扇了。
儿子:那我要吃冰淇淋,你说等天热了让我吃的。

昨晚下雨,儿子捉了条鱼放到鱼缸里就去睡觉了,晚上我关门看到屋外蹦进来一只小青蛙,就捡起来放进了鱼缸。

儿子一大早起来就去看他的鱼,一会儿,他很紧张地跑到我跟前,压低声音说:"爸爸,可不得了了,我的鱼昨晚生了只青蛙!"

妈妈:你就不能早点儿睡,天天玩到半夜。
儿子:没勇气结束这一天。
妈妈:那你早上早点儿起床不行吗?
儿子:我也没有勇气开始这一天。

我和女儿走过东方明珠电视塔,女儿指着东方明珠上的三个球说:

"妈妈你看，东方明珠大球大不大？"

我说："大。"

女儿："小球小不小？"

我说："小。"

女儿："那中球中不中？"

我："……"

周末早晨，为了让儿子每天养成早上大便的好习惯，我起床后就催他上厕所。

可儿子赖床，不想起，就说："妈妈，今天是星期天啊。"

我说："是呀，怎么了？"

儿子："星期天也要让屁股休息休息呀。"

妈妈："儿子，你知道妈妈属什么吗？"

儿子："小羊。"

妈妈："那爸爸呢？"

儿子："我知道，大公鸡。"

妈妈："聪明，那外公属什么呢？"

儿子想了想摇摇头，说："不知道。"

妈妈指了指他的玩具小马说："好好想想，我们家里有的哦，可以骑的。"

儿子："哦，是自行车。"

幼儿园里，老师让小朋友们猜谜语："一把刀，顺水漂，有眼睛，没眉毛。"

答案应该是鱼，老师怕孩子们猜不到，于是提醒道："打一个小动物。"

这时，一个小朋友郑重其事地说："爸爸说，动物是人类的好朋友，我们要爱护它。老师，为什么要打小动物呢？"

老师刚想解释，其他小朋友纷纷跟着道："我——也——不——打！"

本人小学老师，期末改卷时会遇到各种有趣的答案。

某年级一试题："把下面的句子改为拟人句，句子是'小鸟在树上叫'，大多数同学都很常规地改成'小鸟在树上唱歌'。"

忽见一句："小鸟在树上叫：'我是人啊！我是人啊！'"

课堂上，老师讲道："肥胖，是因为高热量的食物吃得太多了，所以，肥胖的同学可以少吃些高热量的食物，这样可以减肥。"

胖墩小强回到家就对妈妈说："我以后吃饭要放凉些再吃。"

妈妈惊奇地问："为什么呢？"

小强："老师说少吃高热量的食物可以减肥。"

女儿：爸爸，您这么喜欢吃鱼，怎么不自己去捕呢？

父亲：我哪有网呀？

女儿：您是个法官，可以用您的法网去捕呀。

我边给女儿穿衣服，边哼着歌："你好毒，你好毒……"
女儿听了，说："妈妈，我就毒，不然我会叫'毒生子女'吗？"

妈妈非常注重仪表，每天上班不但穿着讲究，还不忘喷些香水。这天，她答应带儿子去逛动物园，出门的时候，顺手拿了香水往身上喷了喷。闻到香水气味的儿子不乐意了，向妈妈吼道："你不是带我上动物园吗？怎么满身都是上班的味道。"

女儿觉得自己太胖，就去减肥，结果一点儿效果也没有。这天，她在照镜子，看到自己的胖模样，满心的不高兴。当她妈妈从她身边经过时，她抱怨道："都怪你，把我生得这么胖，丑死了！"妈妈听后，瞪了她一眼，冷笑着说："我说闺女啊，你可真不讲理，我生你时你才六斤多点，你现在这样，关我什么事呀！"

女儿七岁了还是改不掉早晨赖床的习惯。
星期天早上，我让老公出去买菜，准备一个人好好"收拾"女儿。结果任凭我怎么叫，女儿躺在被窝里看书就是不起床。我气急了，一把夺过她的书摔在一边，她立刻大哭起来，连哭带闹，怎么说也不听。我无奈，大喊"老公、老公"，喊了几声没人理我。女儿不

哭不闹了,斜着眼睛看着我,得意地说:"别叫了,你老公不在家!看我怎么'收拾'你!"

一天早上,孩子轻轻地走到母亲的床前对她说:"妈妈,妈妈!我做了一个甜甜的梦。"

"你梦见什么好吃的了?"妈妈笑眯眯地问。

小孩想了想,然后说:"你应该知道,你也在那里。"

儿子跑来问我:"爸爸,'欢迎'怎么写啊?"

我正在忙,头都没抬:"不会写的字先用汉语拼音代替。"

儿子"哦"了一声。

忙完后,我拿来他的作业看:汉语拼音写词语的题竟然全抄的上面的拼音。

语文课时,老师让学生以"遍布全球"造句。

小明写道:"我们在操场踢足球,不小心踢进了水沟里,结果烂泥巴遍布全球。"

儿子问老公:"张飞他妈姓什么?"

老公:"不知道。"

儿子:"姓吴,无事生非(吴氏生飞)都不知道。"

儿子再问:"张飞他爸姓什么?"

老公思考半天,猛拍脑门:"姓惹,惹是生非!"
儿子狂笑:"姓张!当然跟他爸姓了。"

一父子去餐厅吃饭。
服务员:"请问想吃什么?"
儿子说:"爸爸,我想吃晕菜。"
爸爸说:"什么是晕菜?"
儿子说:"你看,菜单上写着呢。"
父亲拿起菜单,看到上面写了两个字:"荤菜"。

经典里藏着冷笑话

Beyond乐队的作品以写实为主,内容生活化。比如,主唱黄家驹曾因为买了一条不合身的阿玛尼西裤,便即兴唱道:"阿玛尼,那裤偏大,那裤偏大……"

著名歌唱家阎维文老师对曾轶可给予了高度评价,他不吝通过自己的一首音乐作品,来盛赞这位新生代歌手的音色:"轶可呀,小白羊!"

黑猫和白猫一起去面试,结果白猫被录取了。为什么呢?
因为"黑猫紧张(黑猫警长)"。

英国的一些农场仍然用马来犁地。

这一日,卷福来到农场查案,他走至一块未开垦的土地上时,土地看了看卷福的脸,颤抖了,它用哆嗦的声音说:"如果说你要犁开我,请诚实点来告诉我。"

唐僧:"徒弟们,你们都是哪里人?"
悟空:"我是花果山,二师弟是高老庄,三师弟是流沙河。"
"没有吐蕃来的?"
"没有啊,师父,怎么啦?"
唐僧摸摸光头,困惑地说:"最近我走路时,总隐约听到有人在唱什么你挑卓丹,我牵卓玛……"

这些夫妻,搞笑着就把日子给过了

有一天,老婆在我一本旧书里面翻出来一张美女的照片,找我追问,我淡定地说:"哦,这个是我初中同学,我们曾经做过……"

老婆一阵拳打脚踢,半分钟后,我在地上奄奄一息地吐出两个字:"同桌!"

老婆:老公,街上要是有人跟我搭讪"美女",我该怎么办?
老公:那还用问?赶紧扶盲人过马路。

那天下午,快递送来我网购的阔腿裤,拆开后,左看右看,觉得很漂亮。

我兴奋地举着阔腿裤走进卧室,准备试穿。

正在看报的老公突然说:"这裤子好啊,你要是穿上它,咱家再扫地就不用笤帚了。等穿旧了,还可以把裤腿剪下来,一只裤腿装米,一只裤腿装面。"

老公经常失眠,老婆经常去看一些松弛神经、改善睡眠的文章,然后让老公试试。

这天晚上,老婆轻声地对老公说:"亲爱的,你就想你现在在湖边,日光暖洋洋地照在你身上,微风轻轻地吹着。"

老公听着听着,便闭上了双眼,妻子心中暗喜,继续讲道:"你拿着鱼竿,鱼线上的鱼漂在水中微微颤动……"

突然,老公一下子坐了起来,说:"赶快拉,鱼咬钩了!"

妻子对丈夫说:"你喜欢我苗条的身材吗?"

丈夫说:"喜欢。"

于是妻子就买了很多昂贵的衣服。

丈夫每天都给妻子做许多好吃的,终于妻子发福了。

妻子问:"你喜欢我的胖身材吗?"

丈夫说:"太喜欢了。"

妻子:"你不是喜欢我苗条吗?"

丈夫:"以前喜欢你苗条是因为以为可以省布料,但是我错了,现在喜欢你胖,是因为你再也买不到合适的衣服了。"

老婆:亲爱的,如果明天天气好,陪我逛街买衣服吧!刚才天气

预报怎么说?

老公:明天下大雨,刮大风,打大雷,可能还有强烈地震!

老婆逛街买了条裤子,回来后神神秘秘地对我说:"嘿嘿,今天赚啦,打车在出租车上捡了条裤子,我试了试特别合适,就像专门给我买的一样。"

我也挺高兴,第二天跟同事们讲这件事,发现女同事们都是一脸诡异,其中一个说:"我买了比较贵的衣服也这样跟我老公说。"

老公:宝贝,我觉得你的人生就像一列火车。
老婆:为什么呢?
老公:因为总结起来就是逛——吃——逛——吃——逛吃——逛吃逛吃逛吃……还时不时地呜呜呜……

丈夫晚上喝高了,睡觉把自个儿腿挠破了,早上起来非说是妻子挠的。

妻子当然不乐意了,说是他自个儿挠的,丈夫偏偏不承认。

最后妻子急了,上去就在他另一条腿上挠了个五线谱,吼道:"就是我挠的你能怎么着吧!"

丈夫瞬间蔫了:"不怎么着,就是觉得挠得挺好看的。"

在网上看个新闻:老公买了一只藏獒幼仔,没时间养,一直是老

婆在养；一次两口子吵架，老公把老婆打了，结果藏獒冲出来把老公手咬了！

看完新闻我问老公："从这条新闻中你得到了什么教训？"

老公居然说："打老婆时要把狗拴好！"

一个人来到婚姻问题咨询所。

他说："您帮帮我吧，我的太太简直令人无法忍受，她总是把她喜爱的小猪放在卧室里，那气味让人难以忍受。"

律师说："那你为什么不打开窗户换换气？"

这个人惊讶地说："那我养的鸽子岂不要全部飞掉？"

老人生活里的笑话精选

小吴是个音乐爱好者,一天,他带乡下的姥姥去看交响乐音乐会。

刚看了一会儿,姥姥就跟小吴说:"看这个让我想起我们年轻那会儿的大锅饭。"

小吴说:"这和大锅饭有什么关系啊?"

姥姥指指台上,说:"你看,有的人一个劲儿地拉,可有的人吹两下就放下了,他们这么偷奸耍滑地干活,钱也不少拿,不是大锅饭是啥?"

小吴:"……"

一个老头气冲冲地来到邮局投诉:"我刚才出门的时候,发现门上挂着一张卡片,说邮递员来送包裹,没人在家。我明明在家,并没听到有人敲门呀!"

邮局的工作人员向他道了歉，并把包裹拿出来给了他。

他高兴地说："等了半个月的东西今天终于收到了。"

工作人员好奇地问："是什么好东西啊？"

老头答道："助听器。"

♥

我到农村一远房亲戚家探望。闲聊间，老人问我："你在城里，住在什么地方？"

我答："机场附近。"

老人忙问："那'机场'都养了什么'鸡'呢？"

我一愣，忙笑着说："飞机！"

♥

老孙正跟朋友下棋，他儿子过来说："爸，我把车开过来了，明天你用吧。"说完，留下钥匙就走了。朋友见了，羡慕地说："老孙，你可真有福气啊，儿子把车都给你送过来了。"老孙听了，淡淡一笑，说道："他倒是经常把车开来给我用，可惜就是油少了点。"朋友问："有多少油？"老孙摇着头说："也就能跑到最近的加油站吧。"

这些倒霉的郁闷事，你肯定碰到过不少

洗澡时，当你的全身完全浸入水中，你的电话会突然响起。

修车时，当你的双手涂满机油时，你的鼻子常会开始发痒。

在车间里，任何零件一旦掉落，它总能找到最隐蔽的角落。

当你出糗的时候，你遇见熟人的可能性要比你遇见陌生人的可能性大得多。

当你试图向不耐烦的维修人员证明你的机器有故障的时候，你的

机器会工作得很好。

越是手够不到的地方越是容易发痒。

当你发现你拨错了一个电话，你很少会听到忙音。

在单位，一般你被关注的程度与你犯错误的次数成正比。

如果你今天迟到向老板解释是因为昨天工作太疲劳了，到了明天早晨，你会觉得更加疲劳。

当你感觉身体有问题，你会约个时间去看医生。到了约定的时间，如果你按时赴约，你会发现你的身体好多了；如果你不能按时赴约，你会发现你的病情严重了许多。

当你倒好一杯热咖啡准备享用，你的老板就会给你一项新的工作，工作的时间与咖啡变凉的时间相等。

你眼看着电梯在你面前关上了门，它一定是直通最高层，而且一定是边走边停。

幽默的词语妙解和数字释义

我和女朋友躲在电影院里第一次接吻时,我差一点儿吐了,因为我不习惯她嘴里的味道。

我对她说:"以后我们不要接吻了,好吗?"

她说:"好!"

她对我说:"受不了你的大蒜味道,我都吐酸水了。"

一对恋人在通信时附庸风雅,乱用词汇,结果闹出了一个大笑话。

男的写道:"亲爱的,想我们不久前还素不相识,可如今已经熟视无睹了……"女的回复道:"亲爱的,你说得太好了,我不仅对你熟视无睹,而且还横眉冷对哩!"

文艺社征文比赛题：请以最短的文章，论述恋爱始末。结果，小王得了冠军，其文如下：

初恋：心里眼中只有她。

热恋：妈妈叫我向东，爱人叫我向西；向西。

失恋：爱人结婚了，新郎不是我。

问："姑娘，您对您理想中另一半的要求是什么？"

姑娘答："但愿人长久。"

"可姑娘，此事古难全啊！"

如何向女生解释什么是越位：你的情敌是守门员，你和你男朋友一起进攻她。当你给你男朋友传球的时候，发现你男朋友比任何人离你的情敌都近。那么，你男朋友就越位了。

某男和女友吵架，打电话准备道歉的时候，电话响了很久终于接通。

女："对不起。"

男："你终于知道错了。"

女："您拨打的电话正在通话中。"

男："……"

今天和女友去民政局领结婚证。

工作人员语重心长地对我说:"今后要好好过日子,烟不要抽了。"

我很不解地说:"我们近期还没打算要孩子。"

工作人员说:"这里是登记室,不许抽烟!"

晚饭回来的时候女朋友生气了大步往前走,我在后面边追边喊:"美女!你掉了个男朋友!"

女朋友回过头来恶狠狠地说:"掉了再买一个!"

我问:"去哪儿买?"

女朋友:"怎么?你也要买?"

我说:"不,我去卖……"

男孩在酒吧看到一位漂亮MM,很想上去搭讪又不敢,于是他灵机一动,写下一张纸条递给她,上面写着:如果你喜欢我请微笑,不喜欢我请后空翻。

女孩看了纸条,笑了笑,站起来一拍桌子就是一个后空翻……

女朋友对我说:"以后你负责洗衣服和做饭就行了,我挣钱养活你!"

我万分激动:"好啊好啊!那你干什么挣钱呢?"

女朋友说:"开个饭店或者洗衣店……"

一对情侣在吵架,女:"我真是越来越受不了你了!"
男:"瘦不了就胖着吧!"

前几天,室友和他女友闹了些小矛盾,他的女友是超级萌的姑娘,女友不知如何找他算帐。于是,把其QQ农场中的作物全部卖了,再买种子,之后再卖种子,再买种子……如此重复。他发现后欲哭无泪,向女友诉苦:"是哪个畜生干的?"女友说:"以后还敢惹我不?"他哭笑不得,只能认输。

心心相印:让最有名的医生也束手无策的内脏粘连。

内行:你要是问现在是几点钟,他就会告诉你怎么制造钟表。

女性:少女或妇女,至于哪种身份好,需视她的具体目的而定。

良言:听了会难受,不听会更难受的话。

不幸:是所没人报考的大学,它年年招生,生源还很不错。

护肤品：用了觉得白用，不用又觉得心慌。

0：一生从不与人斤斤计较，也不在乎被人看重或看轻。

1：站起来顶天立地，即使倒下也仍然正直。

2：辛勤的汗水换来丰硕的成果，准备好镰刀随时收割。

3：既能听进赞美之言，也能听进批评之语。

4：找准了自己的立足点，担子再重也能忠于职守。

5：别再到处卖弄自己了，肚大并不能证明你学问大。

6：取得了一点点成绩，尾巴就翘上了天。

7：该折腰时也会折腰，但仍不肯改变自己正直的性格。

8：上下关系处理得都很圆满，难怪你那么快就发达起来。

9：大家都说你最大，可从未见你翘过尾巴。

同学之间，有搞笑也有温情

同学聚会，聊工作方面的事，问到一位同学，他说："世界五百强，还配有专车。"

大家都很羡慕，但是问他单位叫什么，他怎么都不说，后来喝大了才知道，原来他是肯德基送外卖的……

早上上自习，一同学气喘吁吁地跑到教室，大声喊道："重大新闻，重大新闻，老师说今天不论是雨天还是晴天都要考试。"

同学们哄笑起来，说："这也算重大新闻？"

该同学一本正经地说道："你们还不知道吧，今天既不是雨天也不是晴天，外面下雪了！"

临近毕业，他和她去了他们以前常去的小吃店。

"嗯，我知道。嗯，我会的。嗯，你也是。嗯，记得吃饭。"吃饭的时候，他一个人喃喃地说道。

"怎么了？"她抬起头问道。

他看了看她："我在练习自言自语。"

"嗯？为什么？"她又问道。

他放下筷子："我只是在习惯没有你的日子。"

表妹刚读大一的时候，班里只有6个女生，住一个寝室。她在寝室人缘最好，总是买夜宵、买早饭、买零食给室友吃，还买了个小蛋糕炉做蛋糕给她们吃，但自己都不怎么吃，每次看别人吃，她就在那里傻笑。室友都说，这是个心地善良的傻姑娘，以后谁娶了她谁最有福气。一直到了大二，她成了班里最瘦的女生，然后，表妹找到了男朋友。

A：真正的好男人并不是不玩游戏的，而是在他玩游戏的时候，只要你一条短信、一个电话或一个QQ，他就会为你直接退出游戏。

B：这种人俗称"猪一样的队友"，千万别和他组队。

性教育课上，老师问了一个问题："女性到青春期会有什么变化？"

没有人答得出来。于是老师改用另一种问法："女孩开始成熟时会有什么变化？"

一个学生答："开始带皮包。"

讽刺一下，以解心头之愤

♥

某地产大腕发微博："买一双新鞋，左脚磨出了泡。脱了鞋一看，一只是7号，一只是8号，让售货员坑了。"

有人回复："哈哈，别怪售货员！一只卖的是建筑面积，一只卖的是实测面积。"

♥

制片人：请你给这部影片琢磨一个片名，要触目惊心，振聋发聩，一看片名，非掏腰包不可。

文学家：这部影片的内容……

制片人：别管它！

文学家：观众看后大呼上当咋办？

制片人：没关系，电影是一次性艺术。

♥

有个文学批评家，在参加一次宴会时，因不愿听庸俗的音乐，不断地用手捂耳朵。

主人问道："您不爱听？演奏的乐曲可都是最流行、最高尚的。"

批评家说："流行的就是高尚的吗？"

主人反问："不高尚会流行吗？"

批评家说："感冒流行，高尚吗？"

♥

小黄家门铃坏了，他打电话请工人来修。

可左等右等，不见人来。

于是他打电话过去质问："为什么这么久都没有派人过来修理？"

工人生气地说："我去了好几趟，按了半天门铃，没人开门。"

♥

有个人留客人在家吃饭，桌上几个菜都是豆腐。

主人一边吃一边对客人说："豆腐就像是我的命一样，我觉得任何菜的味道都没有豆腐好。"

过了些天客人回请他。

客人记得他特别喜欢吃豆腐，便在肉里鱼里都加了豆腐，可是吃饭时，那人却专挑大鱼大肉吃，而豆腐却连碰也不碰。

客人很奇怪，就问他："你不是说过豆腐是你的命吗？你今天怎么一块豆腐都不吃呢？"

那人说："豆腐是我的命，可我要是见了鱼呀肉的，就连命也不

要了!"

♥

上语文课时,老师提问:"小明,请你用文明礼貌的'礼'字造个句子。"

小明思索了一会儿说:"爸爸早上拎着包出门托人办事去了。"

老师说:"没'礼'呀?"

小明认真地说:"咋没'礼'呀?礼在包里呢,爸爸说没礼人家不给办事。"

搞笑冷人的个性雷语一小串

开车的时候,每当被比自己好的车超车心里想:"啊,还是好车厉害。"而每当被不如自己的车超车时心里想:"不要命了,开这么快!"

高中老师说:"这个不用懂,大学会讲的。"大学老师说:"这个不讲了,高中老师讲过了。"

有一只长颈鹿失恋了,然后它决定自杀,于是去上吊了……

同事很深沉地问:"你说国外'十一'放几天假啊?"

"哎,我们这种海归已经用不惯筷子了。"
"服务员,给这位点了麻婆豆腐的先生上一套刀叉。"

在衣服面前,女人就好像皇上。每天我们都在衣柜前思索:"今天宠幸谁呢?"当然,大部分新来的妃子,被我们宠幸一段时间后,都会被打入冷宫。

世上最苦恼的生活是,当你身心疲惫地工作了两天,然后第三天早上从床上爬起来,一看时间,发现才周一。

我家路由器坏掉了两个端口。现在它变成了路由哭。

蓝精灵对着阿凡达唱:"长大后,我就成了你。"

早上,打的追一辆公交车,追到了终点站。

虽然考试已经过去好几个小时了,但是我还想说:"今天我靠的不是实力也不是视力……靠的全是想象力!"

单身的大二男生不着急，因为学妹就要来了；单身的大二女生很着急，因为学妹就要来了……单身的大二男生不着急，因为学弟来了也没用；单身的大二女生很着急，因为学弟来了用处也不大。

对不起，您所拨打的用户已高三，请一年后再拨。

要么工作不认真，要么认真不工作。

梦想不能用钞票来计算，否则你的梦想会贬值的。

上班是梦醒时分；下班是月满西楼；加餐是千年等一回；公休是等你等到我心痛；升职是我等的花儿都谢了；加薪是想你想到梦里头；罚款是一千个伤心的理由。

我小时候得了恐高症，所以到现在我个子也长不高。

您好，我现在有事不在，再也不会和您联系。

我的被子病了,我要在床上照顾它,不能去上课了!

钱,你怎么走得这么急啊?再见也不说一声就走了。

你有权保持沉默,但你所说的每一句话我都认为是在赞美我。

阻止我迈向成功的因素有两个:一、我吃饱了会困;二、我睡醒了会饿。

每次凝望你优美的锁骨,我都无法抑制给开锁公司打电话的冲动。

问我体重?开玩笑,真正的胖子从来不上秤!

跳槽的人们,就像变形金刚一样,在城市的不同写字楼上孤独地跳来跳去。

身体小奥秘:把双臂举高时,你会发现下牙咬不到上嘴唇。——这是整蛊别人扮猩猩的……

莫愁、莫言都火了，我们怎么办？莫急……

今天闺密对我号啕大哭，问其原因，答："连我妈都二婚了，我还剩着呢！"

每当别人说你有个性的时候，心里都同步说一句："你该吃药了。"

嘴里很享受，心里很想瘦。

我想对小时候的自己说声对不起，是我让他变成了现在的我。

但得夕阳无限好，任其随意近黄昏。

一个胖子遇见另一个胖子，最伤感的话是："你这衣服在哪儿买的，这么合身？"

长相分两种，一种是好看的，一种是难看的，你是属于中间的，

好难看的……

以前有个人卖油条,炸得好的,舍不得卖,自己吃了;炸得不好的,卖不出去,又自己吃了。

你不是一无所长,在给别人添堵的方面你已经做到登峰造极了。

我是你咽不下的刺,你是我打不出的嗝。

困是最好的床,饿是最好的菜,寂寞是最好的姑娘。我是多么幸福!

像我这样的人生,一定要给差评。

"月亮代表我的心"其实是一句很不靠谱的情话,你看它每个月只有两三天时间是圆满的,其他时间都处于残缺的状态,最坑人的是,每年还来一次月食……

哪有什么与众不同的迷人气息,不过就是刚洗过的头发还没吹干而已。

最明目张胆的恭维，就是把悍妇撒泼说成是贵妃醉酒。

吃得苦中苦，才能开路虎。少壮不努力，只能开夏利。

恨一个人和爱一个人的区别是：一个放嘴边，一个藏心间。

可恶的蚊子，要不是看在晚上只有你们能陪我的分上，早拍死你们了。

女生穿衣搭配技巧：一、脸蛋好；二、身材好；然后随便穿……

比饭店服务员"菜马上就好"更大的谎言是，电视主持人说的"广告之后，马上回来"。

担心自己该担心的才是责任心，担心自己不该担心的那叫瞎操心。

动物世界经常上演冷幽默

老虎抓到一只兔子,正准备开吃,兔子叫了起来:"大王,您不能吃我!"

老虎笑了:"请解释下。"

兔子:"您吃了我将失信于兽,因为您提倡和谐丛林。"

老虎:"我们用的字典不同,我的字典里,和谐是指我吃你的时候,你必须情绪稳定。"

鸟兽两国交战,鹰王派白鸽去打探对方的情况。三天后,白鸽重伤飞回,只说了"斑鸠"二字便昏死过去。乌鸦说早觉得那鸟反常,必为奸细,鹰王大怒,命严刑逼供。斑鸠架不住打,含泪招供,被鹰王下令拖出去烤了。正当斑鸠七分熟时,白鸽醒了,它用急促而微弱的声音告诉鹰王:"搬救兵,快,否则来不及了。"

一只狐狸凭借纤细的身材，钻过了葡萄园的铁栅栏，美美地饱餐了一顿。吃完之后它发现，自己已经胖得再也钻不出栅栏，赶回来的主人轻松将它捉住打死。这个故事再次证明了那个残酷的真理：要么瘦，要么死！

喜鹊与乌龟结为拜把子兄弟，喜鹊是弟，乌龟是兄。这天，喜鹊让乌龟趴在它的背上，说要带乌龟长长见识。结果没飞多远乌龟就从喜鹊身上掉下来了。喜鹊看不见乌龟，飞来飞去到处找，找了半天，才看见乌龟掉在烟囱上了，四脚悬空，在仰头观望呢。喜鹊上前说道："哥哥受惊，你见识没长成，反倒在此悬空了半日，想必肚子早饿了。"乌龟说："我不饿，这里虽没有什么可吃的，但烟抽得很过瘾。"

一头牛问旁边的家伙："你是牛吗？"
那家伙回答："我是牛蛙（哇）。"
"你是什么牛？怎么这么小？蜗牛？"
"我是牛蛙！"

小青蛙碰到了一只牛蛙，和它打招呼："嗨，你是牛蛙吗？"
牛蛙不屑地回答："请叫我绿巨人！"

公主吻了青蛙,青蛙变成了王子,王子向公主单膝跪下,说:"谢谢你救了我,美丽善良的公主,我还有一个愿望。"公主的脸红了:"你说吧,我会满足你的要求的。"

于是,王子从口袋里掏出了另一只青蛙……

青蛙向天鹅求爱,遭拒,朋友怕其伤心,纷纷来劝,却见青蛙笑道:"没事的,实在不行咱就娶个鸭子,也算是个表亲了吧!"

一只乌龟暗恋青蛙很多年,每天在暗处偷看青蛙。有一次不小心打了个喷嚏,惊得青蛙扑通跳进水里。

恰好有只癞蛤蟆游过来,乌龟非常伤心,自责地说:"都怨我,没勇气告诉她……"

开心糗事，逗你爆笑不止

一位老太太带着她的猫在马路上散步，突然一个男子开车把猫给撞死了。男子连忙停下来，抱歉地说："大娘，我愿意补偿您。"大娘说："那太好了，你老鼠捉得怎么样？"

我们几个正谈论今天中午吃饭的那家饭店，饭菜如何贵，如何的味道不好。这时不知从什么地方赶过来的老李说道："要是你们今天吃饭带我去就好了。"

"怎么？你和老板熟悉，可以优惠些？"我问。

"不是，你们不愿意吃的饭菜我可以打包回来喂狗啊！"

我养了一只哈士奇，今天本人喂它狗粮的时候出于好奇，就拿起一块尝了尝，谁知它深情地看了我一眼后，默默地挪了挪身体，在饭盆边给我让出了一块位置!

一个MM在状态里写："有一个男人，他不是你的男朋友，可你们亲密无间，毫无顾忌。在所有人都不了解你的时候唯有他懂你。你们牵过手，一起看过电影。可你们从不接吻，从不亲口说我爱你。我想这就是蓝颜知己吧。"

一兄弟留言道："蓝个头啊！这不是你爸吗？"

老公胆特别小，有一次被我强拽去献血。我们两人离得很近，中间就隔着一个帘子。过了一会儿，就听见那边的护士说："先生，别紧张，没事的，先生、先生、先生醒醒、醒醒……"

高考招生咨询处，一名家长打电话过来说："我女儿长得挺漂亮的，就是高考没考好，能进你们学校吗？"

工作人员回答："我们的学校也挺漂亮的，就是分数有点儿高。"

有一次坐公共汽车，人非常多，我就随便扶着一根金属竖杆。很多人都下车了，我才发现，我一直扶着的是一个金属杆的拖把。一个妇女一手拿着拖把，一手抱着小孩，对我瞪着眼睛说："我要下车了，你到底松不松手！"

同学搭出租车回学校,向的哥抱怨道:"你的车好无聊,连个音乐都没有。"

的哥笑笑说道:"那你最好搭消防车和洒水车。那声音不是嗡嗡嗡就是滴滴滴!"

现在的手机、电脑都流行触屏。

有个朋友感慨:"现在科技发展这么快,说不准哪天电视都触屏了。"

另外一个朋友说:"你傻啊!有遥控器不用,非要走过去用手指戳?"

晚上在宿舍楼下买零食吃,一共12块钱。

我递给老板娘一张一百的,想了想又摸了两块钱递过去,方便她找钱。

老板娘说:"不用给了,这一百块已经够了。"

开学没几天我就得口腔溃疡了。一开始忍了几天,后来都没法吃饭。

晚自习时老爸带我去医院挂急诊。好不容易轮到我,刚张开嘴,医生就大喊:"别看了,口腔溃疡晚期!"

一听到"晚期"我爸腿都软了。然后医生慢慢说:"快好了,别浪费钱了。"

有一小学妹特搞笑,中午她到学校饭堂打饭,她和厨师的对话如下:

小学妹:给我一份那个茄子。

厨师:那是土豆条。

小学妹:啊,那不要了,那打那个冬瓜吧。

厨师:那是……萝卜。

小学妹:……这是萝卜的话,那又是什么?

厨师:那是豆腐。

小学妹:那还是来个土豆丝吧。你们怎么又做土豆条又做土豆丝呢?

厨师看着她指着的豆芽菜,差点哭了。"你到底是要吃啥啊?"

一朋友坐马路边等公交车,公交车来了他发现腿麻了,一瘸一拐地上去了。

公交车上一小姑娘非要给他让座,朋友比较内向不好意思当着那么多人的面争执,就坐下了。

一会儿到站了,发现腿好了,可让座的小姑娘还在。我那朋友又一瘸一拐地下去了……

一女同事,很胖,每天晚上总跟着大妈们在广场跳舞。

昨天拉着我去欣赏,完了问我跳得怎么样。

我说:"我觉得你跳舞看起来就像一只小天鹅……牌的滚筒洗衣机。"

各种球类之间互为偶像

足球：俺的偶像是乒乓球，别看人家个头不大，却在一对一和二对二较量中大显身手，如流星般穿梭，让人大开眼界。

乒乓球：俺的偶像是羽毛球，人家穿着别致的裙装，天天在网上飞，过着空姐一般的生活，真令人羡慕啊！

羽毛球：俺的偶像是垒球，人家面对挥来的大棒子，从容应对，富有挑战精神，是人们追捧的对象。

♥

垒球：俺的偶像是链球，人家留着长长的尾巴，任凭人们揪着尾巴拼命转，一点儿不头晕眼花，而且没翅膀还能飞很远，这本事不是一般人有的。

♥

　　链球：俺的偶像是排球，人家常常被两伙人打来打去，挨了不少巴掌和拳头，却从不记仇，和双方相处得都很好，能做到这一点不简单啊！

♥

　　排球：俺的偶像是保龄球，人家待在豪华的房间里，从不挨踢，没人争抢，这待遇没法比啊。

♥

　　保龄球：俺的偶像是铅球，别看人家心眼实，却很受人尊重，常常有人助它一臂之力。

♥

　　铅球：俺的偶像是高尔夫球，人家供职的地方那真叫有品位，虽然常常被人一杆子打得远远的，但人家始终不忘走穴。

♥

　　高尔夫球：俺的偶像是水球，人家天天在水里上班，是消暑的最佳场所，尤其是这炎炎夏日，在水里有一堆人陪着玩，那可真叫爽啊！

♥

　　水球：俺的偶像是足球，人家在那么大的草坪上被二十多人追抢，还有成千上万的球迷呐喊助威，做到这份儿上，就是被踢得再狠再痛再远，心里也是幸福的。

水平很高的冷笑话

在你人生的某个年龄段,它总是每个月来一次。

它来得一般很准时,当然提前几天、推迟几天也是常有的事。

它来时,常伴有生理反应,比如紧张、烦躁、失眠、心情郁闷,甚至食欲不振,当然最神奇的是,住一个宿舍的几个人,它来的日子竟然会一致。

没错,它就是该死的——月考。

老外:我觉得你们电视台对待新闻节目的态度极不严肃,从节目名字就能看出。

电视台:什么节目?

老外:整点新闻!

篮球打不好的九大客观原因："地滑还有坑，球瘪还有包，框高有点儿歪，衬衫勒肩膀，没网不好瞄，队友太坑人，阳光太刺眼，眼镜往下掉，鞋子没穿好。"

最无敌的一条："今儿手感不好！"

周末在当地是个非常厉害的人，他斩猛虎，杀孽蛟。

回到村子，村民们说："你帮我们除了两害，我们很感谢你，但是还有一个最大的祸害未除。"

周末问："最大的祸害是什么？我帮你们除掉。"

村民说："也是一个姓周的。"

周末长叹一声，黯然道："周一这个大祸害，我也没办法啊！"

朋友小王对体育赛事一向不怎么感兴趣，但是我想奥运会应该可以另当别论吧。

于是很兴奋地问他："后天晚上要不要一起看开幕式？"

他一脸漠然地看着我说："开谁的墓？"

一个刚买了电视的山区老奶奶看完奥运会百米赛跑后对邻居说："哎呀呀，昨天电视真吓人，几个挖煤的人只穿着背心，大概是犯了什么事儿，齐齐地跪成一排，一个人拿枪看着他们是要枪毙呢！那拿枪的没瞄准他们就开枪了，结果一个也没打中。

那些小伙子那个跑啊，是给吓的。哎，到处是人，哪里跑得掉呀，可怜可怜，前面还有一个绳子给拦着，娃娃们急了，都冲过去了。

没想到，还有人拦在前面，一把就抱住在跑的人，不知道要怎么折磨他们呢？"

房东对欠了几个月房租的房客说："看你这么窘迫，我也大度一点儿，你欠的房租就减半吧。"

房客积极响应："太好了，做人要知恩图报，我会主动减掉另一半的。"

"老师，我快坚持不下去了。"弟子拖着疲惫的身子来到师父家中，看样子他最近真的很辛苦，人都瘦了一圈。

"徒儿，做人做事呢，要学会能屈能伸，就像弹簧一样，压得紧，是为了能弹得更高！"

弟子忽然睁大双眼，望着师父，颤抖着问道："老师，是真的吗？我最近在减肥。"

医生对胖这件事，有好多描述方法，比如脂肪含量高、脂肪肝……今年去体检又学会一个：腰臀围比例失调。

精神病院里，医生问前来就诊的病人："你感觉自己有什么不正常？"

病人:"我喜欢吃火锅。"
医生:"这很正常啊,我也喜欢吃。"
病人:"你喜欢吃锅盖还是锅底?"

病人:大夫,你跟我说实话,我是不是活不了几天了?
医生:谁说的?你不要胡思乱想。
病人:你别骗我,我都知道了,昨天主治医生来查房的时候,我在看报纸,他莫名其妙地对我说:"哟,还在看连载啊!"

当医生告诉他,车祸让他颈部以下完全瘫痪时,他的脊背一凉。
当医生宣布他成为植物人的时候,他的脸就绿了。
当医生宣布他心肌梗死的时候,当时他的心就咯噔一下。
当医生宣布他双目失明的时候,他眼前一黑。
当医生宣布他双腿已经截肢的时候,他脚下一个趔趄。
当医生宣布他双耳失聪时,他如闻惊雷。
当医生告诉他,他变成了个白痴时,他当时就吓傻了。

乐人糗事，逗你哈哈大笑

🔸 我牙疼得要命，连话都说不了，我去药店买药，指着自己的嘴巴啊了两声示意老板给拿点治牙疼的药。老板瞟了一眼说："治哑巴的药我这儿没有。"

🔸 我昨晚喝多了，刚要开车回家，猛然想到酒驾害人害己，果断找地方停车，然后，打车回家。从今早到现在，我还在想我的车停哪了……

🔸 朋友病了，要打点滴。给他扎针的是一个实习小护士，扎了半天都没扎进血管。他痛得龇牙咧嘴，无奈叫来了护士长。护士长好手法，只见她一针见血地扎进了血管，然后马上拔出来，把针递给那个实习护士说："看清楚没有？你再试一次！"

朋友有一天收到他姐姐寄来的快递,很大一个盒子却很轻。他拆开一看是一大板酸奶,但是都被喝光了,只剩空盒。里面有他姐姐留的一张小纸条:"弟啊,这种酸奶特好喝,你自己买点尝尝啊!"

腾讯微博出了一个功能叫"吹一吹"。
上厕所的时候无聊,翻看微博,就打算试试。
因为在厕所,网络不稳定,总是失败,就只能一直吹一直吹。
正开心呢,隔壁传来一句话:"是太烫了,不好下嘴吗?"

本人在银行上班,管理自助存取款机。一次,一个客户夜里两点给我打电话,说存钱的时候,钱被机器吞了。我千般安慰万般道歉,才安抚了他,并保证第二天及时处理。第二天打开机器一看,一个信封!信封里有一沓钱,还用皮筋绑着!

办公室里传出来的欢声笑语

办公室有两个美女,谁也不服谁,常为小事争吵,经理很是头疼。这天早上,经理刚进办公室,就看到两个人在争吵。经理十分生气:"大早起就吵架,太不像话了!你们两个不把原因给我讲清楚了,你们两个人一块罚。"两个美女一听,又争起来了。

"我先讲……"

"我先讲……"

见此情形,经理怒道:"胖的先讲。"顿时,两个人都不吱声了。

办公室有两个女孩。她们一胖一瘦。或许为这个原因吧,她俩总是爱吵架。一天,一位老员工对她俩说:"都是同事,有什么好吵的!你们要像自行车的两个车轮那样,互相配合!"听了这话之后,瘦的那位说:"你看她像自行车轮胎吗?分明就是一拖拉机轮胎!"

接下来整个办公室就更"热闹"了……

一个女同事,性格比较像男人,一直找不到男朋友。听说最近交了男友,被另外一个同事夸有女人味了。我问:"从哪里看出来的?""她以前都自称老子,最近变成了老娘了。"

老板来到办公室,看到好几个女员工在化妆,便来到经理面前训斥道:"我已经不止一次听到有人反映办公室里有人经常化妆,你怎么不管管呢?"经理一言不发,待老板走后他对女员工们说:"别听他的,大家该化继续化。"顿时,办公室一片欢呼。接着,经理又补充道:"长得这么难看,还不让化妆,让不让人活了。"办公室里顿时鸦雀无声。

和领导们吃饭,一领导往我这边递黄瓜,我立马站起身双手接黄瓜并连说谢谢,结果领导说:"谢啥啊,我让你把你前面的酱递过来……"

我:星期天我看见你一个人慌慌张张地往医院跑,是你看病呢,还是你家人病了?
同事:唉,那天我身体不舒服。
我:哟,这平日里壮得跟头牛似的,怎么了?
同事:内急。

同事跟我说:"趁着孩子小,常带他出去走走看看,到各地的风景区逛逛。"

我点点头说:"你说得对,就得趁孩子小时带他出去长长见识,等他大了,上了学,想出门就得特意找时间了。"

同事说:"不光这个,你想想,等他长到1.2米,无论到哪个地方都需要多花钱了。"

我家刚买房子装修的时候,要换马桶。

新马桶还没有送来,装修工人就把旧马桶拆下来放到了客厅里。

我的一个同事听说我买房子了,要来参观一下。

一进我家,她就惊奇地大喊了一声:"呀,你家的厕所好大啊!"

那天,几个同事小聚,我带他们去我经常跟老婆吃饭的餐厅吃饭。

老板上菜时跟我打招呼,很自然地问了我一句:"今天老婆没带过来?"

我正准备回答,我那女同事一拍桌子,大吼一声:"老娘就是他老婆!你说的那个女人是谁?"并抓着我的领子做琼瑶剧般咆哮,"到底是谁?"

老板一愣,立刻退了出去。全桌人爆笑,我一脸尴尬,女同事得意地说等着打折吧。

果然,我去结账时,老板歉意地说:"兄弟,回去跟嫂子解释一下就说我认错人了,这顿饭算我的,实在对不住啊!"

有才：杂志迷的搞笑情书

亲爱的《山花》：

自去年《十月》你去《南方》工作，到《今天》整整一年，十分想念和你在一起的《幸福》时光，忘不了和你在《白桦林》中观赏《野生动物》；忘不了你我远赴《中国西部》上山采《雪莲》；忘不了《牡丹》园与你一块写生；更忘不了你我钻进《故事林》里听《故事会》，一天不吃饭的糗事。我记得你听完《幽默大师》讲的《幽默与笑话》后把眼泪都笑出来了。你不在的这些日子，家中变化很大，为了《家庭》也《为了孩子》，借《西部大开发》的大好时机，我半年前在《青海湖》畔的《百花洲》办了一个《休闲》《娱乐》园。

为创行业《品牌》，我对《中国市场》充分调查后，大胆《改革》与《探索》，为使《人与自然》《环境》相和谐，我在园区《草地》种植了《江南》的《红豆》，东北的《参花》，开辟了大片《红树林》、《意林》和《笑林》。形成了春有《萌芽》，夏有《绿叶》，《金秋》有《收获》，冬有《雪花》，四季都是《绿洲》的自然景象。除此之外，为满足《读者》多层次的《休闲》需要，还建了《篮球》场、《游泳》池、《花木盆景》园、《画廊》等，人们来这里既可《读书》又可参加《篮球》及《田径》等运动，欣赏《轻音乐》和《重型音乐》、《看电影》和《电视剧》，甚至还能乘《神州》飞船《环球飞行》《看世界》。

《大家》都说这里是《喜剧世界》，随时都能听到最新的《民间传奇故事》、《新故事》，每到周末，我专门邀请《当代歌坛》四大天王——《故事大王》、《童话大王》、《动画大王》、《漫画大王》为代表的《演艺圈》《人物》登上《社会》《大舞台》一展《风采》。为贴近《百姓生活》，园内《成人教育》课堂先后开设《高中数理化》、《美术》、《书法》、《舞蹈》、《计算机》等十几个专业提供免费学习。为方便购物，园内提供齐全的《中外食品》、新鲜《蔬菜》、《中国酒》和各类《可乐》，中外《品牌》《时装》，《时尚》《家用电器》，《新概念电脑》和《数码》《照相机》等，大到《航空模型》小到《中成药》都有供应，深受《消费者》欢迎。

由于在园内花的《中国钱币》很少，目前已吸引《东西南北》众多《消费者》，他们当中既有《普通百姓》，也有《中国企业家》，既有《农村青年》，也有《都市丽人》，《小学生》、《初中生》、《高中生》、《中国大学生》及国外《留学生》也常光顾；从年龄上看，既有《小朋友》也有《老年人》，其中《年轻人》、《中年人》最多。他们大多成了我的《知音》，也为我创造了《新财富》。

咱家的《小康》生活让周围人很羡慕，天天都是《好日子》，创业的收获，让我更深刻地体会到《知识就是力量》，你还是快回来吧，凭我赚的钱，一定会使你这个《莫愁》女变成《快乐太太》。

站在《时代潮》头,沐浴《改革》《春风》,我对未来《发展》充满《希望》,下一步最大的心愿就是和你一起携手,在《新长征》路上再创辉煌。

冷笑话神通广大，无所不在啊！

♥

苦者问禅师："禅是什么？"

禅师不答，领苦者来到一饭馆，叫苦者站在门外，自己叫了一桌好酒好菜，低头便吃。许久苦者问："站到何时？"

禅师答："感觉如何？"

苦者咽了咽口水："饿！"

禅师："这就是'馋'！懂了吗？来，过来把账结了。"

♥

有个人因抽烟得病死了，见到了上帝。

他说："上帝，我是那么虔诚地爱您，怎么我抽烟得病这种事，您一点儿都不给我提示呢？"

上帝说："我给了你多少次提示啊，你没发现你经常抽烟找不到打火机吗？"

♥

"裘帮主，为何叹息？"

"唉，我那个不争气的儿子，一直不愿用功练武，以前一直没学会我的水上漂功夫，前几天，他终于练成了。"

"那为何还叹息呢？"

"他是淹死之后练成的水上漂，都漂好几天了。"

"……"

♥

食人族酋长来到了中国，对中国的麻将赞不绝口。

酋长抹了抹嘴，意犹未尽地说："这个太好玩了！唯一的遗憾是只能吃上家。要是也能吃下家和对家，我会吃得更饱。"

♥

有个人买了一双鞋，可是鞋子太小了。这个人就想了个办法，拿出一把小刀，一点点地去削自己的脚，想把自己的脚修得能穿上那双鞋。后来，他成了一名出色的修脚师傅。

♥

管仲跟随齐桓公去讨伐一小国，途中迷失了方向。

管仲说："可以利用老马来寻路。"

于是放开老马前行，大家紧随其后。

后来老马把大家带到了塞翁家。

♥

做人最失败的莫过于唐僧，身边的人不管是敌是友都想送你上西天。

♥

纣王说：你说你，想要逃，偏偏注定要烙脚。
比干说：情灭了，爱熄了，剩下空心要不要？

♥

西门庆病死之前，将家仆唤至身前，声音颤抖地说道："我已将毕生微博精华收集成册，待我死后，可将此书作为我的语录集出版。"说完，从身下抽出一本书来，家仆寻声望去，只见封皮上写着三个遒劲有力的大字——爱莲说。

♥

出租车遇见了大卡车。
出租车问："你叫什么名字啊？"
大卡车说："我叫大卡车，你呢？"
出租车说："我叫出租车。"
大卡车说："别叫了，我送你吧。"

♥

一位科学家做过这样的实验：将青蛙放在温水中，用小火慢慢加热，待到水温很高时，青蛙已跳不出来，死在了滚水中。
科学家由此得出了结论：青蛙是阻止不了水开的。

♥

唐玄奘：八戒，你跑两步给为师看看。

猪八戒：师父，你为啥突然想看徒儿跑步？

唐玄奘：哎！惭愧！为师从小在寺中长大，既没吃过猪肉，也没见过猪跑啊。

♥

孟德尔通过豌豆实验，揭示了遗传学的三大规律。

一、曹操遗传规律：双管豌豆可遗传进化为三管豌豆；二、分离规律：豌豆必须分离种植在所有五条道路上；三、自由组合规律：双管豌豆+冰豌豆的组合能发挥奇效。

♥

孔明：三日前，我吩咐你造的二十只草船是否妥当？

鲁肃：先生放心，早已完毕。瞧，这些船皆是当下最前卫的敞篷款。

♥

曹操听说又一员猛将被张飞斩了，他站在营帐前问："还有谁愿意出战？"

众将深知张飞勇猛，无人敢应。

于是曹操便大叫道："夏侯惇！夏侯惇！"

这时角落里传来一个声音幽幽地说道："夏侯蹲完丞相蹲。"

♥

"这样根本分不出输赢，就算再打下去也只是在耗时间罢了，"数学气喘吁吁地停下手，看着对面体力不支的语文，"咱们停战吧。"

"停战?"语文抬手擦掉脸上的血,"怎么停?"

"不知道……你问问历史,在古代遇到这种事时都是怎么处理的?"

历史向前跨出一步,面无表情地说:"和亲。"

♥

"书豪啊,现在你已成名,应该改个霸气一点儿的名字了。"

"教练,听你的。"

"我希望你延续神勇,助我扫平其他球队,就叫你平之吧!"

♥

悟空赶来,见女妖魔已紧紧贴着唐僧的脸,急忙拿出铁棒,一棒将女妖打死。唐僧惋惜地撕掉脸上妖魔的尸体,问道:"悟空,你可知道这是什么妖魔?"悟空茫然地摇摇头。唐僧摸了摸自己的脸,道:"水水的,滑滑的,这是面魔。"

♥

"悟空,你盯着点儿白龙马,我感觉它不太想跟咱们干了。"

"何以见得?"

"它最近总在槽边跳过来跳过去。"

♥

唐僧:妖精,士可杀不可辱,要吃就吃,为何要和贫僧一起洗澡?

妖精:别误会,是你太脏,而本大王恰好是洗洁精。

孙悟空与铁扇公主话不投机,非但借扇未成,反被那芭蕉扇一阵狂风从翠云山扇至小须弥山。悟空想起此山乃是灵吉菩萨道场,万般无奈之下只得向灵吉菩萨寻求破风法宝,灵吉菩萨笑道:"大圣莫急,贫僧有一法宝,任凭狂风乱作,也可保你纹丝不动。"悟空纳闷地问道:"是定风珠吗?"

"不,是发蜡。"

幽默老板的爆笑雷语

　　这位兄弟,我知道,你对待工作像夏天一样火热,但再火热,也不能在办公室里袒胸露背啊!

　　允许你们灵魂待在床上,但绝对不能容忍你们身体也待在床上。我再次重申:严禁上班迟到,违者重罚。

　　加班既可以得加班费,又可以避免因为不想做家务和老婆争吵,多好的事啊,你们竟然还不想加班!

　　这套设备,你若安好便是晴天,你若安不好,嘿嘿,我扣你工资。

不要老打麻将。你们一定要珍惜岗位,好好工作,争取多拿奖金。如果业绩干得不好的话,就只有一点儿基本生活费,那样可能连麻将也打不起了!

你们要再让我猜你们什么时候能够把工作完成,我就让你们猜我什么时候给你们发工资,各位请好自为之!

姑娘,像你这样天天上班迟到下班早退,工作时还打瞌睡,你一定能成为"白负美":白痴、负翁、想得美。

平淡日子里爆笑的家庭笑话

 结婚周年纪念日,妻子深情地对丈夫说:"亲爱的,谈谈你这一年来的感受吧。"

男人长叹一声,说道:"结婚有风险,办证要谨慎!"

A:我犯了一个错误,忘了妻子的生日了。
B:她说什么了吗?
A:什么也没说。
B:那不就没事吗?
A:都已经一个月了,还是什么也不和我说。

退休的妻子经常埋怨老头没有情调。这天,她非要老头给她念诗。老头没怎么念过书,但他记得有首叫什么"在地愿为连理枝"的

诗，可怎么也想不起来。于是，他便根据这句记不大清楚的诗，发挥想象力，念道："你是一棵树，我也是一棵树，但愿我们这两棵树相互缠绕，长成一根巨大的油条。"

小丽是个电视剧迷，她老公是个球迷。这天有球赛，两个人因为抢频道，就闹起矛盾来。

小丽一气之下就去找好友哭诉，好友问："你们两个最后谁抢到了？"

小丽边哭边说："老王。"

好友问："老王是谁啊，怎么没听说过？"

小丽哭的声音更大了："一个修电视的……呜呜呜……"

网吧里进来一位女子，一番张望，然后，来到一个男孩旁边，拎起男孩的耳朵就骂："你不是去老师家里补课了吗？"

男孩一边护着耳朵，一边盯着显示屏大叫："爸爸，有人打我！"

男子大怒："在哪儿，我去收拾他！"

不料，女子又来到男子身边，拎起男子的耳朵，骂道："你不是去加班了吗？"

丈夫和妻子到野外旅游，突然碰到一只老虎，丈夫义无反顾地上去跟老虎搏斗，最终把老虎赶跑了。

妻子："你真是太勇敢了，那么大的老虎，你居然一点儿都不

怕。"

丈夫："有什么好怕的！我和你这只母老虎生活在一起这么多年，难道是白混的！"

妻子："……"

中午吃饭期间，女友对我说："结婚以后，你不但要把你的工资如数交给我，工资以外的收入也必须全部上交，我要统一管理。"

我："那样的话，我不是一无所有了吗？"

女友睁大眼睛，说："你怎么会一无所有？你不是有了老婆吗？"

妻子责骂老公说："你一发动汽车，坐在副驾驶座位上的我跟你说话，你就没心思搭理了，当一个车夫就不是我丈夫啦？"

老公说："马达一响集中思想，不能想着你说什么。"

妻子更气了，说："那你开车经过街道总是看街道边的美女，你就不需要集中思想了？"

老公说："车轮一动想着群众，美女不是群众吗？撞伤一个美女损失得多大呀！"

面试和无奈的上班族

面试官：什么文凭?

男人：不懂，可是我家里有很多啤酒瓶。

面试官：有一技之长吗?

男人：不懂，可是我的腿特别长。

面试官：会做账吗?

男人：欠了很多账。

面试官：那你是怎么处理的?

男人：我从来不还。

面试官：行了，会计这个职位你被录取了，明天就来上班吧。

面试官：结婚了吗?

应聘者：结过了。

面试官：男人应该先有工作，然后再结婚。
应聘者：成家立业，先成家后立业嘛。
面试官：朋友多吗？
应聘者：哪种朋友？
面试官：怎么说呢？朋友就是朋友嘛。
应聘者：连哪种朋友都说不清，你还当什么面试官？
面试官：到底是你面试我还是我面试你？
应聘者：你连自己是干什么的都不知道，真替你悲哀。

今天，看着老板开着崭新的BMW徐徐在大楼前停下，我不禁露出了艳羡的目光。老板似乎察觉了我的眼神，便对我说："只要你肯好好努力、发奋工作，到了明年这时候，我就能换辆更好的车啦！"

同事A：工资调整的通知怎么还没发下来？
同事B：发不发还不都一样，不会有大的惊喜！
同事A：还惊喜呢！说不定会降薪，给我们个打击！
同事B：打击也是一种惊喜啊！

 # 包青天系列冷笑话集锦

♥

某人吹牛说:"今天看了一场戏,真痛快!"

有个人问:"什么戏?"

"京剧《包公斩曹操》。"

"不对啊,包公是宋朝的,曹操是三国的,差了近百年,包公怎么能斩曹操呢?"

"老包的脾气你还不知道,只要是坏人,他还管你什么宋朝三国的。"

♥

某晚,一刺客潜入包拯大人房中,欲进行刺杀,掀起被子,却发现床上无人,遂以为阴谋被发现,大惊,夺门而出。

片刻后,只听房中传出包大人的话:"幸亏我习惯裸睡……"

♥

"展护卫,你蹲那干吗呢?"

"嘘,公孙大人别出声,我在看日食呢。"

"日食?我怎么不知道?"

"现在还没有,待会包大人出来就有了。"

♥

包公:公孙先生,我为官时爱民如子,口碑甚好,为什么退休了开个客栈生意这么冷清呢?

公孙策:应该是名字起得不好。

包公:包拯客栈,怎么不好?

公孙策:一听就知道是家黑店。

♥

展昭某日终于忍不住,辞职了,白玉堂不解地问道:"大好前途怎么就放弃了呢?"

一听此言,展昭气就不打一处来,拍桌怒道:"在包拯手下工作,'幕后黑手'、'人生污点'、'黑吃黑'这些都是敏感词,还怎么干刑侦工作啊?"

经典逗人笑的年轻男女

几个朋友凑在一起聊天,有人跟一刚结婚的哥们儿开玩笑说:"最近没看见你买酒啊?工资全都交给你老婆了吧!"

这时另外一哥们儿苦笑道:"他老婆也就算是一个'收费站',我老婆,不只是'收费站',还是'修理厂'呢。天天在家喊着要'修理我'!"

老公每天晚饭后总爱出去打麻将,这天没出去,在家陪老婆看电视,刚看一会儿就睡着了,耷拉着脑袋打起了呼噜。

老婆生气地把他推醒,数落道:"你除了打麻将就没别的爱好,真不明白打麻将有啥意思。"

老公一听就来精神了:"有啥意思?你去找几个人来,我给你好好讲讲。"

问奶奶,是什么让他们维系一份感情长达60年。

奶奶说那个年代什么东西坏了都会想着修,现在什么坏了都想着换……

一人得知老婆怀孕,非常高兴。他买来一瓶补胎灵,对老婆说:"你吃后一定有助于胎儿的发育。"

他老婆看了半天,把那东西给丢垃圾桶里了,还骂道:"傻帽,这是补自行车胎的胶水。"

小王问邻居:"你老婆越来越厉害了,前几天当众用手打你,今天我看都用脚踹了,怎么回事?"

邻居说:"前几天她买了块高级雷达表,今天她买了双鳄鱼皮鞋。我现在担心的是,哪天她要是买条珍珠腰带,还不得当众解下来啊!"

婚后,丈夫总是对妻子不理不睬,妻子忍无可忍,伤心地对丈夫说:"我知道,你和我结婚是因为我有钱。"

丈夫平静地说:"错,是因为我没钱。"

两个女人谈起自己的老公,一个问:"你那口子怎么样?"

"说啥好呢?说话颠三倒四,干活丢三落四。"

"那为人处世呢?"

"交友不三不四，对人说三道四。"

"那对你好吗？"

"对我还好，在我面前一贯低三下四。"

公交车上，一男女情侣吵架，男的想动手打女的。

只听女大喊："你动一下试试？"

男的突然站起来，指着女的大叫："告诉你，动手修理你才是爷们！"

大家以为这男的为了证明自己是爷们要动手呢！

这时男的突然来一句："不动手修理女人是纯爷们！"

女友：我想出去旅游！

男友：去哪儿？

女友：杭州的园林，苏州的西湖，北京的外滩，上海的故宫！

男友：……我还是给你摘星星去吧！

昨天，一MM说我脸大。

我说："你脸才大，要不比一比。"

她问："怎么比？"

我说："把脸浸水盆里，看谁水盆里的水溢出的多。"

她说："不行，你会喝。"

下楼碰到楼里的一个MM。

发现她越发漂亮了,我下楼她上楼。

走近的时候她冲我笑着说:"下班了?"

我高兴地答:"嗯,下班了。"

仔细一瞧她在用耳机打电话,理也不理我继续说:"那你去接孩子吧。"

老婆要买iPhone5。

我看了看她大着的肚子说道:"老婆,为了下一代,咱攒点钱,不买iphone5了,好吗?"

老婆说道:"好吧,那下一代什么时候上市啊?"

我:"我觉得孩子是上天给我最好的礼物。"

老婆:"那我呢?"

我:"你是上天。"

我这辈子就靠反应快活着。

考场里进来一个女生,一个手拿包,一个手拿喝的,一男监考老师问道:"你是来逛街的还是来考试的?"

那女子弱弱地说:"我是来监考的……"

"你觉得你新交的女朋友咋样?"

"你见过超市促销的吗？洗发水、沐浴露啥的，买瓶大的送瓶小的。她给我的感觉就是那样。"

"哦？那就是说她挺实在的，不错不错，过日子就得找……"

"呵呵呵，你再想想通常情况下，促销牌上写的是啥？"

"嗯……原来是特惠(会)装啊！"

一男的给一女的情书上，这样写着：我想要成为一棵桃树，开满桃花，为你路过时而倾倒……

我砸不死你，我这辈子算白活了……

女：用三个字哄我开心，快！

男：我爱你！

女：不对。

男：嫁给我？

女：不对。

男：呃，有了！随便吃！

女：对！就是这句！

一男生，在女生宿舍楼下表白，想用乐器烘托气氛，无奈，他只会吹唢呐。

正吹着，女生推开窗子怒吼："你这是要办红事还是白事啊？"

男生憨憨一笑："那得看你的意见了……"

"神人"令人匪夷所思的瞬间

晚上肚中饥饿,就想吃泡面,可是又正在上火。

思之良久,终于想到一个一举两得的妙方:把板蓝根倒进泡面里。

有一天拿着复印的麦当劳优惠券去点餐,没想到服务员说不能用。

我把券递过去:"上面不是写着复印有效吗?"

服务员说:"这里是肯德基。"

我把手机带到学校,被班主任发现后在办公室一顿训,还叫来了我爸妈。

我爸一进办公室,老师就跟他讲了我的事。

我爸二话不说上去把手机砸了,班主任崩溃地说:"那是我的手机。"

一天同事在接待客户,拿着那客户手写的一张单子。瞅了好久,弱弱地问:"木棍,你叫木棍?"

那客户脸都绿了,阴沉着脸说道:"我叫林昆!"

今天早上烧开水,我妈让我把热水倒进热水瓶里。

我提着一壶滚烫的水的时候,看见一只苍蝇停在我脚上,就轻轻地拿开水想要烫死它……

现在,我拖着一条废腿躺在医院烧伤科的床上。

早晨起来逛菜市场,看见一家商店门口挂着"有机蛋"的牌子,心想:哟,这是什么新产品啊,怎么没听说过呢!

走近一看,明白了,哎,连鸡蛋的"鸡"字都不会写。

暑假在超市打工,第一天上班,我负责清洁地板。结果我发现一个女顾客一直盯着我看。

我就问:"阿姨,有什么需要帮你的吗?"

她笑眯眯地说:"没事,你拖地吧,我就是喜欢看男人拿拖把的样子。"

家里办喜事，客人来了，送上红包。

我接过红包，紧紧握住客人的手说："哎呀，红包来了就行了，还来什么人啊！"

我爷爷总教育我说："当一扇门打不开的时候，总会有另一扇门是可以打开的。"

实在太有哲理了，不过一般这时奶奶就会说："老头子，你这辆破车还不去修一下，是嫌不够丢人，是吗？"

冬天，大雪，交警要求所有车辆都要绑防滑链。

先来一辆越野车，司机跟交警说："我的车是四驱的，不用防滑链。"

于是交警放他过去了。后面来一小车，司机死活不让交警绑链子，问前面的车为啥不绑。

交警跟他解释说："人家的车是四驱的。"

司机立刻火了："你们歧视人吧，他的车是市区的，我的车就是郊区的吗？！"

哇咔咔，小孩子太逗了

我让儿子吃饭，儿子一看说："都是我不爱吃的，我不吃了。"

说完顺着餐桌就走，我一听大怒。儿子一看我脸色不对，顺着餐桌绕了个圈又回来了，说："我要从这边过来才喜欢吃。"

妈妈带女儿到幼儿园交费，她拿着一沓钱对女儿说："你看，爸爸妈妈辛苦挣来的钱都给你交学费了，你可得好好学习啊。"

女儿："妈妈不用带那么多，带一张就可以了，我们学校有复印机。"

我小时候，一天傍晚在小区散步，看到一个老奶奶不小心把拐杖掉在了地上，费了好大力气也没能捡起来。这时老奶奶看到了我，她连忙说："孩子，我年纪大了，弯不下腰，你帮帮忙吧。"我说：

"没问题!"说完,双手摁住老奶奶的头,用力把她的腰压弯了下去。

"宝宝,今天你生日,想要什么礼物呀?"
"嗯……想要那种自制拼图。"
"自制拼图呀?那宝宝想要什么图案呢?"
"我要在拼图上画上爸爸的样子。"
"哈!宝宝是要拼好再送给爸爸吗?"
"才不是呢,老师和小朋友都说,现在流行拼爹。"

老师讲完《大海》那篇课文后,看着下面的同学们问道:"同学们有谁见过大海,请站起来。"结果只有小明站了起来。
老师:"现在有请小明同学讲一下大海的样子。"
小明:"圆圆的,黄黄的……"
老师:"停停停。小明,你说的是哪个大海?我咋就没听说过呢?"
小明:"老师,我说的是胖大海啊!"
老师一听,直接气晕……

某日老师把批改完的考卷发给学生后,要求学生带回家让家长签字。
学生小军问道:"老师,是让爸爸妈妈签字,还是让爷爷奶奶签?"

老师说:"你家里谁说话算数,就让谁签。"

小军听罢,喃喃自语道:"这么说,只能我自己签了。"

老师:小明,你为什么把一只耳朵捂住?

小明:你不是说,我在听课时,总是一只耳朵进,一只耳朵出吗?我把出的耳朵堵住,你讲的课我就忘不掉了。

一些调皮的学生常常完不成作业,还编造出许多理由。星期一,有一个叫二蛋的调皮学生又没完成作业。

我把他叫到办公室,问:"这次为什么没完成作业?"

只见二蛋低头弄了一下衣角,小声说:"老师,你不是说会做的就不用做了吗?"

我想了想,说:"是啊,我是这么说的。"

这下二蛋理直气壮了:"老师,是这样,作业有一半我会做,所以我就不用做,另一半不会做,所以没做,最后,我一点儿也没做。"

一天早上,妈妈对儿子说:"儿子,你要多吃一点儿茄子,医生说你体内缺铁,吃茄子可以帮助你补铁。"

儿子好奇地问:"妈妈,茄子为什么能帮助我补铁呀?"

妈妈笑着解释说:"因为茄子中含有铁呀。"

儿子听了妈妈的话,非常困惑地说:"茄子含铁怎么还那么软啊?"

冬天的傍晚，妈妈到幼儿园接儿子，由于离放学还有一段时间，妈妈便在园门口等候。

当儿子走出来时，妈妈已经冻得浑身直哆嗦，儿子见状问道："妈妈，你怎么全身发抖呀？"

妈妈说："天气太冷了。"

儿子接着说："妈妈真是胆子小，天气冷就吓哆嗦了。"

儿子洗完澡后走到我身边，笑嘻嘻地说："妈妈，我今天终于弄懂'身轻如燕'这个成语是什么意思了。"

我问他："爸爸告诉你的？"

儿子得意地说："是从我身上的泥被爸爸搓掉后感觉出来的。"

女儿从幼儿园带回来一朵小红花，说是幼儿园阿姨奖励给她的。

我问："阿姨为什么要奖励你啊？"

女儿说："我看见阿姨衣服上的扣子掉了一颗，就捡起来还给了阿姨。阿姨夸我拾金不昧，奖励给我一朵小红花。"

第二天放学，女儿又带回来一朵小红花，我问她："这朵小红花是为什么奖励你的呀？"

女儿说："今天我盯着阿姨，看她的扣子还会不会掉。结果盯了一天也没掉。但阿姨说，我以前注意力不集中，今天进步很大，又奖励我一朵小红花。"

超好笑的家长,非把人笑翻不可

♥

邻居家有个老头,今年八十多了,最近患上老年痴呆,儿女们却依然很孝顺。

昨天,老爷子吃完午饭后,就指着正在一旁洗碗的儿媳妇,悄悄对儿子说:"哎,这个大姐对我还挺好,天天帮我盛饭。"

♥

学校发放家庭联系卡,儿子看了看那卡上的内容,问暴发户的爸爸:"爸爸,'民族'这一项怎么填?"

爸爸想了下,说:"填贵族。"

♥

孙子用电脑给爷爷放了一首英文歌曲《昨日重现》,然后问爷爷:"这歌好听吧,曾经获过奥斯卡奖的。"

爷爷搔了搔头,说:"好听是好听,不过听口音不像本地人啊！"

♥

儿子玩游戏被妈妈发现。妈妈很生气。

妈妈说："你要是再不努力，以后就像你爸一样没用，找个差工作，娶不到好老婆。"

爸爸说："这么多年了，你终于承认了。"

♥

我在大街上看到一对父女，女孩很漂亮，父亲却很丑，擦肩而过时我轻轻地叹了口气。

她爹声嘶力竭地冲我大喊："我是她亲爹！"

♥

自从有了女儿，妻子变得越来越懒，家务活都推到我身上。

我天天累得腰都直不起来了，可妻子却搂着女儿悠闲地坐在沙发上看电视。

一次，见我发怒了，老婆连忙解释道："老公，别生气，其实你忙里忙外我也挺心疼的，但我也是迫不得已呀！"

"别哄我了，今天你要是说不出个子丑寅卯来，这事儿没完！"

"你看啊，咱家闺女一天比一天大了，你也不希望她以后结了婚整天干家务吧？"

"当然不想。"

"所以呀，我是在给她做榜样，让她生活在'女人至上'的环境里，以后嫁人才好说了算啊！"

♥

　　母亲节，我想给老妈买个礼物，于是问她喜欢什么，一边的老爸搭话了："给你妈买呢，啥时候给我买啊？"

　　我说："父亲节我给你买。"

　　老爸说："啥时候父亲节啊。"

　　我说："还有一个多月呢。"

　　老爸说："这谁定的节日啊？两个节日放一块多热闹！"

　　老妈也搭话了："母亲节比父亲节早，这说明母亲在儿女心里的地位高。"

　　老爸若有所思地说："怪不得情人节定在2月份呢！"

♥

　　老爸喜欢养鱼，买了五条鱼养在鱼缸里，一开始一回家就喊："我的五福！"

　　一周以后，爸爸回家就喊："三宝，我回来了！"

♥

　　老妈从街上买回来一瓶钙片，说自己缺钙了，要补补。

　　她买的那种钙片又大又圆，每次吃的时候都被噎得直翻白眼。

　　终于，老妈火了："这么大的药片，让人怎么吃呀？我要退了去。"

　　没一会儿工夫，老妈就回来了，手里还拿着那瓶钙片。

　　我说："就知道人家不给退，您偏要去。怎么样，没给您退吧？"

　　老妈嘿嘿笑着说："人家告诉我，这药是嚼着吃的，是我这吃法不对，不能怪药厂。"

♥

　　小弟把刚买的手机弄丢了。老爸训他，他还反驳，说："没事。只要钱包没丢，一切都还会有的。"

　　昨天一大早就出门买手机，下午垂头丧气地回来了，原来是把钱包丢了。

　　他怕老爸骂他，晚上都不敢吃饭了。

　　老爸看他耷拉着脑袋那可怜样儿，哼了一声说："没事，只要脑袋没丢，一切都还会有的。"

♥

　　今天下班回到家挺早的，我拿出肉馅和面粉打算包饺子。

　　我把这一消息告诉老公，老公却说他想吃烙饼。

　　晚上，老公回来时，我和儿子已经吃上饺子了。

　　我招呼老公："赶紧洗手吃饭吧。"

　　老公问："是烙饼？"

　　我说："差不多。"

　　儿子喊道："爸爸，妈妈特意包了一些厚皮的饺子，我已经帮你把饺子馅吃了，你赶紧来吃饺子皮吧。"

♥

　　吃晚饭的时候，爸对妈说："买块香皂吧，咱家没香皂了。"

　　妈说："不是有沐浴露吗，不让你用啊？"

　　"哪瓶是啊？"

　　"爸，那你这两天洗澡用的啥？"

　　"洗衣粉。"

这笑话冷得让人直打哆嗦

有一天,家里的干果们在聊天。

栗子和新来的榛子聊了一个很忧郁的话题,榛子突然发现旁边的核桃一直在咧着嘴笑,就问:"它怎么了?"

栗子说:"别管它!它昨天脑袋被门挤了。"

孩子对山谷喊"喂",四面八方传来阵阵的"喂"声。

孩子很惊讶:"你是谁?"

山谷:"你是谁?"

孩子:"告诉我!"

山谷:"告诉我!"

孩子生气了,深吸口气:"有蒸羊羔儿、蒸熊掌、蒸鹿尾、烧花鸭、烧雏鸡、烧子鹅、卤猪、卤鸭、酱鸡、腊肉……"

山谷:"有蒸羊羔儿、蒸熊掌、蒸鹿尾、烧花鸭、烧花……烧花……后面是什么来着？"

一天，警察局里的电话响了，电话里的男子大呼救命，然后电话就断了。

警察再打过去时就停机了，于是警察火急火燎地给对方充了二十块钱，再打过去时，那个男人叹了口气说："没事了！"

某专家讲如何从表面辨别真正的成功人士：1.自己不开车；2.没有名片；3.衣服没logo；4.没有小区名，只有门牌号；5.经常在郊区活动；6.包里现金很少。

一个农民兴奋地打断专家说："我们村全是这种人啊！"

一个妇女开车超速，从交警的车边一闪而过，交警追上去，微笑地对那位妇女说："就在你从我身后一闪而过时，我就知道至少有60！"

妇女说："我没那么老的，一定是今天戴的这顶帽子显得那么老。"

问：馅饼喝多了，吐了自己一身，结果变成了比萨饼，请问是谁这么坏，把它弄醉的呢？

答：鸡蛋，因为鸡蛋灌饼。

tanα找到抛弃它的前女友，质问前女友为何与它分手却又和tan(π+α)在一起，"我和它有什么不同吗？！"

它的前女友轻蔑地笑了笑，说："因为它比你有派啊！"

小张开车刮倒一老太太，赶忙下车说道："大姐，你没事吧？"

老太太起来说："小伙子真会说话，姐没事，你走吧！"

偷手机的小偷被包围了，他手里高高地举起偷来的那个手机，对警察说："你们别过来啊，敢过来我就把手机摔了！"

女失主看到后，对警察要求道："你们可得要小心，千万不能让他把我手机摔坏了。"

警察就劝小偷："你就是摔了手机，受害人也可以申请民事赔偿，到时候你还得买个新的赔。"

女失主突然激动起来，手猛地一指那小偷，大喊："让他摔，让他摔，你快摔啊，摔了去给我买个新款的。"

小偷举着的手慢慢落下来，警察迅速上前把他控制住，把手机夺过来还给了失主，结果此女对小偷说："你咋这么不爷们儿呢！"

小偷气急败坏地说："真没见过你这样的，什么素质啊？"

今天在卫生间洗了个水蜜桃，想甩干上面的水，手一甩水蜜桃掉进了马桶里！还正好塞住了那个窟窿眼！

更可恨的是比起"马桶不会堵住吧"和"这要怎么掏出来啊"更

快浮现在我心头的想法是："洗洗还能吃吗？"

　　早上出门面试前特地打扮了一下，在站台等公交车的时候总是有人从头到脚地打量我，有时候还是好几个。

　　顿时一阵自豪感油然而发，姐还是有市场有前景的，然后各种挺胸收腹装淡定摆Pose!没一会儿，一个大妈过来跟我说："你能靠边站着点吗？挡着公交站牌了！"

　　有个记性不好的人乘火车，列车员前来检票时，他竟找不到票了，急得满头大汗。

　　列车员说："找不到就算了，再补张票好了。"

　　他说道："这怎么可以，找不到那张票，我怎么知道我要去哪里！"

 ## 爆冷之王乐翻天

 乐队指挥血流满面地回到家,老婆看到后心疼地问:"你这是咋了?"

指挥家说:"被卖油条的打了。"

老婆说:"凭什么呀?"

指挥家说:"卖油条的说我偷了他炸油条用的筷子,还拿出来显摆。"

"打劫!"随着一句不太标准的普通话,飞机上沸腾起来。

吃饭的、聊天的、睡觉的,都像听见冲锋号一样两眼放光,兴奋地望向声音的源头。

一个平头小伙刚举起半杯透明液体,就被众人压在了身下。

半小时后,小伙从昏迷中醒来,看着眼前一脸严肃的女乘务长,终于哭着说完了那句话:"大姐,加杯水!"

我养过一只狐狸。它是个素食主义者，只爱吃水果，后来，它变成了一只果子狸。再后来，它爱吃煎饼，然后，它变成了煎饼果子狸。

"老公，我不想让别人看到我的双下巴，又不想减肥，怎么办？"
"那你只能留胡子了！"

白娘子问许仙："你为何对我如此情深？"
许仙说："青青的一个吻，已经打动我的心……嗯？好像哪里不对哦？"

问：皇阿玛最讨厌什么？
答：寒暑假。因为每到寒暑假，他就必须被人问一次还记不记得大明湖畔的夏雨荷。

一股超强的台风在海上形成了，所到之处无不狂风暴雨遮天蔽日。这数吨海水裹挟着鱼虾贝石，宛若一头面目狰狞的怪兽，呼啸着向陆地扑来。

到了岸边，眼见那台风踌躇不前，尝试了几次，却又屡屡退回海面。

这时,只听得风眼中传出一句:"忘记密码了!"

"你们用盗版的时候有想过做出这款软件的程序员吗?他们该如何养家糊口?"

"哈哈哈,别逗了,程序员哪有家要养啊?"

一只乌鸦口渴了,看见路边有个瓶子,瓶里水不多,瓶口又小。怎么办呢?

聪明的乌鸦就把小石子一颗颗叼到了瓶子里。

等水快漫到瓶口的时候,一个老太太弓着腰走过来,倒光了石子,把瓶子捡走了。

某高管的年轻太太生了个儿子,高管想知道儿子长得像谁,急忙派他的副手到产科医院去查看。

副手回来对高管说:"完全像您!"

"那就对了。说得再详细点儿。"

"细看了一下,您的儿子头上光光,没有头发,肚子大大,能吃能喝,整天不是睡觉就是大哭大闹,有一帮人围在他身边转。"

一个人对幽默大师说:"我认识一个人,任凭你怎么逗,他都不会笑,你能让他笑吗?"

大师不信,他便把这个不会笑的人找了过来。

大师发挥自己的幽默天才，逗得现场的人大笑不断，可是，此人脸上却毫无表情。

大师正在郁闷，那个人大笑道："大师，你上当了，他是个聋子。"

一次我军代表团参观美军航母，看到雷达时我军代表问："这部雷达的探测距离有多远？"

美执勤军官回答："很远。"

"我是问你，它到底能探测多远？"

"我能告诉您的，就是很远很远。"

办公室的一位女同事去前台取快件，和前台小姑娘聊了几句。

女同事的个子挺高，还喜欢穿高跟鞋。

她和小姑娘说："我这几天总是脚疼，你说怎么回事呀？"

前台的小姑娘仰头望着女同事说："是不是你太胖了？"

女同事愣了一下，扭头就上楼了，边走边说："太不会聊天了，以后不和你聊了。"

某天下午，抽血室的门前静悄悄的没有病人，医生就到里屋休息去了。

忽然，一个年轻小伙子气喘吁吁地跑来，焦急地喊："有人吗？"

话音未落，两名医生疾步奔出。医生A不耐烦地说："什么事这

么大声嚷嚷?"

医生B超级精练地说:"找抽的。"

茶杯:好无聊啊!

笔记本:我给你讲个笑话呗。

茶杯:好啊好啊。

笔记本:从前有个茶杯,脑子进水了。

茶杯:啪……

只见笔记本冒了一股青烟,再也不说话了……

爷爷:小明,你要好好学习,不然……

小明:不然就娶不到好老婆。

爷爷:谁告诉你的?

小明:爸爸。

爷爷:傻孩子,不仅是娶不到好老婆,还会生个笨儿子。

一个交警在路口抓骑摩托车没戴安全帽的人。

他看见母子二人没戴安全帽上路,就说:"你不戴安全帽就算了,孩子居然也不戴,不知道这样很危险吗?"

母亲说:"没有那么小的安全帽。"

警察说:"那你为什么不戴?"

母亲说:"要是我孩子出事了,我也不想活了。"

幽默之"门"

 球门:俺这门构造虽简单,造型也不算美观,但俺永远都是无数球迷关注的焦点。

防盗门:防君子不防小人,有俺为安全把关,盗贼想进来没门儿。

阀门:说白了俺就是各种液体和气体的"海关",能不能通过,还得看"手掌"规定,俺最怕身体出毛病,会惹出大麻烦,所以经常要体检。

快门:俺虽是一扇微型门,但作用非常强大,开门关门速度之快

堪称世界之最,美好的影像,有俺的功劳。

城门:从古到今,俺有两怕:一怕城门失火,二怕被攻破。

油门:俺工作起来油水很大,但俺从不吃拿卡要,因俺工作出色,所以不断有人为俺加油。

卷帘门:爱岗敬业、能上能下、能伸能缩,俺这独特的个性,一般晚上出现,要是白天见到俺,你得吃闭门羹。

车门:俺的工作岗位在车上,俺开与关都有"一把手"帮忙,真是好惬意啊。

防火门:俺虽不是真金做的,照样能经得起大火的考验,俺卓越的品质是受人欢迎的根本所在。

舱门:俺在门家族中地位最高,成绩也最辉煌,神九与天宫一号在太空接吻,都是俺大开方便之门完成的,这难忘的时刻将永载史册。

冷门：俺这个门虽然看不见摸不着，"产量"也有限，但不少人都在制造，因为生活中需要冷门。

超逗的乱七八糟小笑话

♥

有几个长工,给地主干了一辈,还没把债抵完。

地主说:"你们现在老了,干不了活了,欠我的债准备咋还呀?"

张三说:"东家,我这辈子还不了,下辈子变成母鸡,下蛋卖钱,给你还债。"

李四说:"东家,我这辈子还不完,下辈子做牛做马,拉车挣钱,给你还债。"

王五想了一想,笑着说:"东家,我下辈子变成你爹,给你还债⋯⋯"

地主一听,大发雷霆:"你胡说,你混账⋯⋯"

王五说:"你听我说完嘛。我下辈子托生成你爹,你托生成我儿。你小时,我背着你抱着你,你大了,我给你买地盖房,置一份大家业,好好还你的债。"

地主一听,笑了:"好,就这么办!"

♥

夏收时节,老奸头雇了几个短工割麦子。

吃午饭时,他们全家坐在院子里的凉棚下吃油泼面,却把短工们关在屋里吃窝窝头。

短工们非常气愤,便大声喊道:"掌柜的,屋里热得很,让我们出去吃吧。"

老奸头说:"外面有狼狗,怕咬伤你们生人。"

第二天,日头出山一竿子高了,短工们仍睡着不起。

老奸头气得双手拍门:"你们这伙懒虫,太阳都晒着屁股了,还不下地割麦呀?"

短工们齐声答道:"外面有狼狗,我们不敢出去。"

♥

有个人在集市上卖驴,回头看一看,驴没了,手里只有半截缰绳。

回到家里,妻子又哭又骂地埋怨他:"你这么大的人,连驴都能丢了。你咋不骑上呢?你骑上它能丢了吗?"

他安慰妻子说:"多亏我是牵着。要是骑着,那不连我也丢了?"

♥

舅舅栽了一亩苹果树苗,怕有人偷。

外甥说:"舅舅,我晚上给你看管,保证一棵也丢不了。"

外甥看了三个晚上,果然一棵也没丢。

舅舅非常高兴:"你咋就看得这么好呢?"

外甥得意地说:"我每天晚上把它们拔出来,一捆,放在床底

下，早上再把它们一棵一棵栽好。"

♥

二狗在屋旁挖了一个池塘养鱼，一到夏天的夜晚，池塘里的蛤蟆乱叫，吵得他睡不安生。

一气之下，他就把池塘卖给了别人。他想，这下就能睡个安宁觉了。

不料，天一黑，蛤蟆的聒噪声，仍然不歇气。

他又烦又气，怎么也想不通，说道："真是奇怪了，池塘都卖给别人了，这蛤蟆咋还烦我呢？"

♥

有个烟鬼，烟瘾犯了，还舍不得买烟，便盯着地面寻呀找呀，终于找到一个烟头。他马上塞到嘴里，点着火，只抽了一口，就把嘴唇烫了。他生气地把烟头一吐几尺远，说道："这么小气，把烟抽得只剩那么一点点。"

♥

信访办的李主任上班总是迟到，但处理问题却以快速著称。

这天，他照例来晚，见办公室里一堆人等他，便不慌不忙地坐下，然后说："你们这些事儿，事大的我管不了，请直接找法院，事小的不归我管，请回去找单位，没事的就别在这里围着了，该干什么干什么去。"

♥

语文老师是个老头，讲课爱唠叨。那天上课，估计是在外面找

人办事不顺，他抱怨道："现在有点儿权力的人尾巴都翘到天上去了。"

然后他狠狠地对我们说："你们谁见了我敢不鞠躬问好，我就让谁不及格，态度好的可以酌情加分……"

♥

妻子："别人都说我很漂亮，真的吗？"

丈夫得意地说："那当然，我当科长的时候，别人都说你漂亮；我当处长的时候，别人都说你越来越漂亮；现在我当局长了，你当然更漂亮了。"

♥

有一个小偷，先偷了一辆摩托，后来路过一个村子，又偷了一头小肥猪。摩托好办，可猪不老实啊，后座太窄，也绑不下。于是，小偷只好把猪抱到摩托车的踏板上，让猪的后蹄站在踏板上，两只前蹄死死绑在摩托车的手把上，带猪逃出了村子。可猪还是不老实，小偷又把自己戴的头盔套在猪的头上，猪眼前一片漆黑，这才安静下来。

过了一会儿，猪的主人发现小猪不见了，立刻报了案。派出所连忙派了两个民警开车追击。

天色渐渐暗下来了，眼看警车就要追上摩托车了，小偷听到后面的警笛声，吓得浑身发抖，情急之下，身子向后一蹲，从摩托车上跳了下来，钻进了两边一望无际的玉米地里躲了起来。可猪蹄正好蹬在油门上，由于巨大的惯性，摩托车不仅没倒下来停住，还以更快的速度摇摇晃晃地载着猪前行。

这时，警车追了上来，两个民警一看，吓了一大跳，连忙用手机向派出所所长汇报："报告所长，不得了啦，这猪是自己跑出来的！

而且，猪……猪还戴着一顶头盔，正驾驶着一辆摩托车，以时速40公里，仓皇向南逃窜呢！"

路边停着一辆宝马，属违章停车。警察过来，贴条儿、抄单子。一哥们儿从商场出来："你不就是警察吗，装什么啊？不就会贴条儿、抄单子吗！"警察又看了他一眼，还是没说话，继续抄单子。"你是要真厉害，甭贴条儿，你直接叫拖车拖走！"警察又看他一眼，还没说话。"装什么啊！除了贴条儿吓唬我们，你们还会什么！你拖走啊！"警察抄完单子，打电话，叫拖车来了。

警察看着那哥们儿。"嘿，你还真厉害啊！你真厉害，你拖走啊！借你俩胆儿！"警察一摆手，拖走了。警察看了他两眼，想劝劝他，往后别这么叫板。哥们儿一翻白眼儿："你厉害，待会儿等车主来了你告诉他，你把他的车拖走了！"

一个男子整个晚上都在酒馆喝酒，最后酒店招待对他说要关门了。

于是他起身离去，但却扑通一声趴在了地上。

他挣扎着站起来，又扑通一声倒下了。

他想只有爬着出去，到外面呼吸一点儿新鲜空气，或许能清醒一些。

一出门，他再次站起来，但扑通一声再次跌倒。他爬进家门，爬到了床前，倒在床上，酣然入睡。

第二天早晨，他刚一醒来，妻子就站在床前对他喊道："昨晚你是不是又去喝酒了？"

"你凭什么这么说?"他一脸无辜的样子辩解道。
"酒吧来了电话,说你把轮椅留在那里了。"

♥

同事小范请大家喝酒,有个同事喝多了,趴在桌子上不起来。
我怕他难受,就冲了杯温开水给他喝。
他一口气喝完后,嘴里嘀咕道:"小范弄的这是什么酒啊,一股子水味,这小子净图便宜了。"

程序员的笑话集锦

世界上最遥远的距离不是生与死,而是你亲手制造的Bug就在你眼前,你却怎么都找不到它。

《C++程序设计语言》比《C程序设计语言》厚了几倍,果然有了对象就麻烦很多。

杀一个程序员不需要用枪,改三次需求就可以了。

一同学问我,软件外包是什么。我解释了几句他还没明白,遂想了一下,"包工头知道吧?"同学顿悟!

网络聊天的时候，想表达对方是猪，一般人会打"XXX，你这个猪。"程序员会打"xxx.ispig = true。"

两个程序员，一个技术精湛、思维严谨、认真负责、Bug极少，至今单身。

一个技术一般、吊儿郎当、Bug一堆，经常被测试MM叫到她旁边，接受批评，后来成了她男朋友。

程序员找不到对象，一般有三种情况：

1.C#、Java都有对象，但是经常找不到对象。

2.ASM C直接没有对象。

3. JavaScript都是伪对象，最多算暧昧。

但C++日子一直都好过，因为C++是多继承，富二代呀！

程序员："我的第一个问题是，对于我第二个和第三个问题，你可不可以只用'能'和'不能'来回答？"

老板："OK！"

我的第二个问题是："如果我的第三个问题是我能不能涨工资？那么你对于我第三个问题的答案能不能和第二个问题的答案一样？"

老板："……"

假如生活欺骗了你，找60个程序员问问他们为什么编程；

假如生活让你想死，找60个程序员问问他们Bug改完了没有；

假如你觉得生活拮据，找60个程序员问问他们工资涨了没有；

假如你觉得活着无聊，找60个程序员问问他们一天都干了些什么！

C程序员看不起C++程序员，C++程序员看不起Java程序员，Java程序员看不起C#程序员，C#程序员看不起美工。周末了，美工带着妹子出去约会了……一群程序员还在加班！

客户被绑，蒙眼，惊问："想干什么？"

对方不答，鞭笞之，客户求饶："别打了，要钱？"

又一鞭，"十万够不？"

又一鞭，"一百万？"

又一鞭。客户崩溃："你们到底要啥？"

"要什么？我帮你做项目，写代码的时候也很想知道你到底想要啥！"

元芳体爆红：元芳，你怎么看

狄仁杰：杭州西湖出现了烟花伤人事件。元芳，你怎么看？

元芳：大人，我趴窗户看！

狄仁杰：我的右眼有点儿肿，伴有疼痛感。元芳，此事你怎么看？

元芳：大人，您是缺觉啊！

狄仁杰：元芳，整容一事，你怎么看？

元芳：大人，整容实乃私事也，女为悦己者容，你我同是男子，坐享其成便可。

狄仁杰：大清早结婚放鞭炮。元芳，你怎么看？

元芳：大人，此事必有蹊跷。

狄仁杰：据说明天要降温到八度。元芳，你怎么看？

元芳：大人，其中必有蹊跷。

狄仁杰：我隐隐地感觉到这几天温度有所异常。

元芳：大人真乃神人也。

狄仁杰：知我者，李元芳也。

狄仁杰：现在发个帖总遇到验证码。元芳，你怎么看？

元芳：大人，此事背后一定有一个天大的秘密！

狄仁杰：元芳，近日你越来越火，此事你怎么看？

元芳：大人，我啥也不想看，看不完啊，大人！

现实提醒你:莫要瞎操心

热火朝天的工地上,一个精壮的青年一边啃着馒头,一边看着眼前在建的大楼,愁眉紧锁的他陷入了沉思:

建设项目下一步应该怎么走?

如何保证施工质量?

如何缩短项目工期?

如何控制建设成本?

此时,传来包工头的吆喝:"发啥呆啊,快点儿过来搬砖!"

骄阳似火的玉米地里,一个黝黑的汉子一手扶着锄头,一手用搭在脖子上的毛巾擦脸,看着远处焚烧秸秆的浓烟,愁眉紧锁的他陷入了沉思:

秸秆发电项目怎样才能立项?

村里的三个寡妇的个人问题怎么解决?

18亿亩红线如何才能保住？

钓鱼岛怎样才能夺回来？

此时，传来一位妇女的吆喝："死鬼，咱家的猪跑翠花家猪圈配种了，快点儿去看看吧。"

喧闹杂乱的教室里，少年一边无意识地转笔，一边木然地望着嬉笑打闹的同学，愁眉紧锁的他陷入了沉思：

班级的成绩如何才能重振雄风？

如何让班长和他女友好聚好散？

中国教育的失败之处在哪儿？

中国学生的整体素质何时才能赶上美国？

此事，突然传来课代表的呼喊声："就知道发呆！快交英语作业！"

满是灰尘与霉味的地下仓库，一个瘦弱的青年一手拿着存货盘点表，一边思索着客户今年财报的风险点，愁眉紧锁的他陷入了沉思：

公司现金流为何萎缩这么多？

今年的经济危机会如何影响公司的收入？

为何股利分配大幅增加？

此时，传来主管不耐烦的骂声："这盒螺丝钉你少查一个，快点儿的，我还要吃饭呢！"

人声鼎沸的交易室，青年一手拿着两块钱一个的烧饼，一边喝着

八毛钱一斤的碎茶叶,一边盯着中介报价,愁眉紧锁的他陷入了沉思:

股票市场下一步该怎么发展?

国家什么时候出手救市?

怎样才能迅速把握央行政策?

此时,传来经理的呼喊声:"过来,把这些宣传单拿出去发一下!"

 冷得人瑟瑟发抖，
龇牙咧嘴的笑话

♥

岳飞问母亲："国难当头，儿将何如？"
岳母道："好男儿当精忠报国！"
岳飞回头看着媳妇儿说道："叫你妈别打岔！"

♥

小蚯蚓第一次拍照："爸爸，爸爸，我应该摆个什么姿势啊？"
"摆个威字吧！"
晚上，蚯蚓爸爸拿着小蚯蚓的遗书——"爸爸骗人，切成这么多段会死的。"
蚯蚓爸爸抹着眼泪说："傻孩子，我说的是V字是VCD的V啊！"

♥

语文课堂上，老师问："伏尔泰是哪个国家的？"
下面有个声音弱弱地说："是中国的……"
老师一脸惊讶。

见老师疑惑，他补充道："他不是福尔康的弟弟吗……"

♥

父亲一直在老家务农，我过年把他接到了城里。父亲来后的第二天，我便想打的带他在城里转转。我拦下一辆出租车，为了让父亲多看看风景，便安排他坐在前排的位置。父亲坐好后出租车司机提醒他说："大爷，请把你旁边的那个带子系到身上吧。"父亲看了一眼旁边的安全带，又看了一眼司机，然后微笑着说："我看捆绑就不必了吧。我虽然是个庄稼人，还是懂得坐车掏钱的道理的。"

♥

"一样是把手指放在嘴里轻吮的动作，为什么别的姑娘做就很性感，而我做就一点儿也吸引不了人呢？"
"你先把另一只手上的鸡翅放下再说好吗？"

♥

晚上，室友携女友一起去河边溜达。为了讨好女友，室友唱歌给她听。唱得正起劲，一个老大爷走到他身边驻足观看，室友害羞，停止高歌。大爷在他旁边坐下，拍拍他的肩膀语重心长地说："小伙子，没事，你继续，哭痛快就好了，没啥过不去的坎儿！"

♥

高中考物理的时候，大家都在认真答卷，鸦雀无声。这时候教室的角落里传出一个女生低低的声音："喂，一千克是多少克呀？"全班顷刻笑翻。

♥

打的，我跟司机说："跟着前面那辆车。"

司机师傅很兴奋："好嘞，你们是执行任务吗？我们不能跟得太近，那样会被发现；跟得太远，红灯时我们就会被甩掉。"

我说："师傅，冷静一点儿，前面那辆坐不下了，我们只是一起去按脚。"

♥

小保姆嗓门特别大，主人叮嘱她，今晚来的都是有身份的人，说话务必小声一点儿。吃完饭，主人和客人在玩牌，小保姆收拾完想早点儿休息，于是凑近男主人耳边轻声说道："那我先睡了哈。"

♥

男子追赶公交车一直到家都没赶上。回来后对老婆说自己赶公交车没赶上，不过也好，既锻炼了身体又赚了1元钱。老婆当时就怒了，"你傻啊！要追也追出租车啊，至少赚个起步价。"

♥

今天，我开车走在一段收费的公路上。靠近一个收费亭的时候，车子抛锚了。我只好在冒烟的车里等着，痛哭流涕，眼睁睁看着其他车子呼啸而过。直到一个巡警过来帮我把车子推过了收费站。收费站里的工作人员跟我说她很同情我，可是仍然收了我3块钱。

♥

玛丽太太因闯红灯上了法庭。法官盯着她看，问："玛丽太

太?""是的。""你以前在西区小学当老师?""是的,你怎么知道?"法官笑了,我曾是你的学生。玛丽太太也笑了,轻松起来。法官接着说,我等这一天等了20多年,现在罚你抄一千遍"我闯红灯错了,以后再也不犯了"。

♥

他和她经常组队打怪,一起升级,可是有一天,她忽然不上线了。

他再也找不到她,专情的他执着地带着自己的宠物开始单练。

很久以后,他机缘巧合地发现,原来她的角色是卡在一个副本里出不来了,帮她解决了这个问题后,两个人又重新过上了组队升级的快乐生活。

好了,朋友们,这就是神雕侠侣的故事。

♥

小橘子一蹦一跳地跑回家:"爸爸,爸爸,我明天要参加围棋决赛啦。"

"是吗?你的对手是谁呀?"

"是隔壁班的猕猴桃。"

橘子爸爸的神色忽然凝重起来,缓了缓说道:"可不能轻敌呀,听说它们都被称为棋艺(奇异)果呢。"

♥

洪七公手臂内弯,右掌划圆,呼的一声推出,掌风到处,一棵松树应声折断。

郭靖大吃一惊,七公说道:"这招叫亢龙有悔。"

说完跃至半空，一掌凌空劈下，说"这招叫飞龙在天。"

落地后扭胯蹬地，踏起一片烟尘，仿佛策马飞驰而去。

郭靖高声问道："这招又叫什么？"

七公笑道："江南style！"

♥

我一直以为我爹妈不是很喜欢我。直到我17岁生日的那天，他们交给我一串钥匙。

我惊喜地问："哇！难道是……车？"

"不，你留下来看家——我们要出去旅游。"

♥

儿子问爸爸："爸爸，农民伯伯是干什么的？"

爸爸回答说："当然是种田的了。"

儿子又问道："那他们除了会种田，还能干什么？"

爸爸思索了一下说："他们还可以斗地主。"

♥

"我儿子在部队由于干活太卖力，竟然被关了一个星期的禁闭。"

"怎么回事？"

"那天，连长要他去挖战壕，他便拼命地挖，直到把那个坑挖得老深。他希望能得到连长的夸奖，谁知连长看后骂他贪生怕死。"

马上要开学了,父亲为我的学费愁弯了腰。

为帮他分担,天还没亮,我便偷偷拉着他备好的瓜去了集市。

人渐渐多了起来,我鼓起勇气,学别人大声吆喝着:"卖瓜啊,不甜不要钱啊!"

一些人停下来,用怀疑的眼光望着我,但很快,更多的人被吸引,他们纷纷围过来,笑嘻嘻问我:"小兄弟,你这苦瓜咋卖啊?"

爆笑的恋爱青年

昨天在地铁站听到一对情侣的对话……

男：亲爱的，咱买辆车吧，写你名。

女：你就是怕出事了，到时候找你，是吧？

男：那写我名，行吧？

女：一看你就不想写我名，装什么啊……

男：呵呵！

俩人手牵手走了……

女：你喜欢什么样的女生？

男：我喜欢长得坏坏的女生。

女：那你看我怎么样？

男：我喜欢长得坏坏的，而不是长坏了的女生……

女：滚，给老娘马不停蹄地滚！

女：知道你和那群傻瓜的区别吗？

男：不知道。

女：你是一个傻瓜。

女：我昨晚做了个噩梦！

男：怎样的梦？

女：我梦见自己穿着大蓬裙，手上拿着包在街上走。

男：这算什么噩梦？

女：现在大蓬裙已经不流行了。而且那个包，也是三年前的旧货。还说不算噩梦？！

女：你用过最久的东西是什么？

男：我想说前女友，想想还是算了，她不是东西。

我的自娱自乐

每个吃货都是正义的使者,因为他们敢于向饿势力挑战。

参加选美的那些女人,都找不到好男人,因为好男人都结婚了,比如我。

就算再冷,当别人裹得像个粽子时,我却要把自己打扮成可爱的甜筒!

我死以后,我的墓要有免费的WiFi,这样大家就会经常来看我了……

此生能够遇到你，我上辈子缺德事儿肯定是没少干。

这人一倒霉啊，打个喷嚏都能把自己吓着，脱个毛衣都能给自己电个半死。

有会修手机的吗？下了个滑动开锁软件，手机锁上了，然后我手机不是触屏的……

算命的说我在99岁的时候有一劫，不过事情不大，只是感情问题。

请不要在我刚对你抱有点儿好感的时候，就用你的真实意图来吓我。

有一次，我没戴眼镜走在路上，看到一个很帅又很熟悉的人，于是我走近去看。啊，前面是一面镜子。

一起吃饭叫拼餐，一起回家叫拼车，一起租房叫拼租，你把后半生交给我，从此一起生活，这叫拼命。

　　我在某老年痴呆症专题网站注册了。每次登录时我都会勾上用户名密码旁边的"记住我",但它还是每次都记不住。

　　我是这么找自信的:首先问自己一个问题,继而发现根本回答不上来,然后对自己说:"问得好!"

　　我的工作是挨家挨户敲门,向他们推销产品。这不是件轻松的工作!因为真正的客户总是不给我开门。

　　付不起每月的水电煤账单让我顿生轻生之意,于是我将脑袋塞进炉子里打开了煤气开关,结果什么也没发生。

　　我没有给自己买人寿保险,因为我觉得嘛,自己是怎么来到这个世界上的,就该怎么离开:都要成为家人的包袱。

小样儿,还反了
——那些经典的小笑话

有一对老夫妇去拍照,摄影师问:"大爷,您是要侧光、逆光,还是全光?"大爷腼腆地说:"我是无所谓,能不能给你大妈留条裤衩?"

四只老鼠吹牛。
甲:我每天都拿老鼠药当糖吃。
乙:我一天不踩老鼠夹脚就发痒。
丙:我每天不过几次大街就不踏实。
丁:时间不早了,回家抱猫去咯。

一群蚂蚁爬上了大象的背,但被摇了下来,只有一只蚂蚁死死地抱着大象的脖子不放,下面的蚂蚁大叫:"掐死他,掐死他,小样,还反了!"

一只小狗爬上我的餐桌,向一只烧鸡爬去,我大怒道:"你敢对那只烧鸡怎样,我就敢对你怎样!"结果小狗舔了一下鸡屁股,我昏倒,小狗乐道:"小样,看谁狠。"

老鼠没女朋友特别郁闷,终于一只蝙蝠答应嫁给它,老鼠十分高兴。别人笑它没眼光,老鼠说:"你们懂什么,它好歹是个空姐。"

我花一毛钱发这条短信给你,是为了告诉你——我并不是一个一毛不拔的人。比如这一毛钱的短信就是我送你的生日礼物。

蚂蚁懒洋洋地躺在土里,伸出一只腿,朋友问:"你干吗呢?"蚂蚁说:"待会儿大象来了,绊它一跟头。"

喜鹊来,妈妈说这是喜鸟,是客;燕子来,妈妈说这是益鸟,是客;乌鸦来,孩子问:"你也是客人吗?"乌鸦说:"Yes,吾乃黑客!"

黄瓜失恋痛哭,茄子安慰她:"爱情不单只是甜美、只是沉醉,还有心碎和流泪。唉!谁让你爱上洋葱的?"

昨天梦见上帝说可以满足我一个愿望。我拿出地球仪说要世界和平,他说太难换一个吧;我拿出你的照片说要这人变漂亮,他沉思了一下说拿地球仪我再看看。

一女奇丑,嫁不出去,希望被拐卖。终于梦想成真,却半月卖不出去。绑匪将其送回,她坚决不下车,绑匪一咬牙一跺脚:"走,车不要了。"

20年前爸爸抱着你等车,人都笑话孩子长得难看,爸爸哭了。一个卖香蕉的老大爷拍拍爸爸的肩膀说:"大兄弟别哭了,拿根香蕉给猴子吃吧!真可怜,饿得都没毛了。"

飞机上,一只鹦鹉对空姐说:"给爷来杯水。"猪也学鹦鹉,对空姐说:"给爷来杯水。"空姐大怒,将鹦鹉和猪都扔下了飞机。这时鹦鹉对猪说:"傻了吧,爷会飞。"

小明告诉妈妈,今天客人来家里玩的时候,哥哥放了一颗图钉在

客人的椅子上,被我看到了。妈妈说:"那你是怎么做的呢?"小明说:"我在一旁站着,等客人刚要坐下去的时候,我把椅子从他后面拿走了。"

"服务员,有米饭吗?"
"先生,您要多少?"
"按人头上啊,"他看了看周围,接着说,"来四碗。"
"好嘞。"
不一会儿,服务员端了四碗米饭,倒在了四人头上。

傍晚,一个人骑摩托车来到酒店,问服务生:"这附近有没有戴着白项圈的狗?"服务生想了想说:"好像没有。"这个人惊叫道:"糟了,我一定是撞到牧师了。"

他和她搬到了一个小公寓,只有一个洗澡间,冬天洗澡很冷。他发现,如果一个人先洗的话浴室就会暖和,所以每次他都第一个冲进浴室。他想,等她进浴室时,至少暖和一两度吧。他不能给她舒适的生活,不能带她去高级餐厅,不能给她买漂亮的衣服,但至少,他还能给她1℃的爱情。后来她装了套浴霸,就和他分手了……

一个人去农牧用品店里买东西,着急地对店员说:"你们这儿有卖鞭子的吗?麻烦快点儿。我要赶火车呢。"

店员说:"鞭子有,只是赶不了那么大个的家伙!"

食人族部落里,酋长正逼儿子把元宵吃下去:"今天是元宵节,什么节日就得吃什么,这是规矩。你乖乖把元宵吃了,我就答应实现你一个愿望。""什么愿望都行吗?""你要把天上的星星摘下来都行。""那,那我想过父亲节。"

有一次,晚上10点了,女儿还在看电视,我催她去睡觉,这孩子说:"我要看到喜羊羊被灰太狼吃了,再睡觉……"

奋斗经典语录

♥

剧情：大学毕业了，大家和李老师告别，集体大喊："李老师，请留步。我们舍不得您，非常非常舍不得您，但是我们必须告诉您，我们必须离开您，我们必须去工作，去谈恋爱，去奋斗，这件事十万火急，我们一天也不能等，请您接受我们离开前最后的问候。"

♥

剧情：杨晓芸和向南相约去离婚。在离婚办事处有了以下对话：
杨晓芸：呸！我才不爱你呢！
向南：你给我夜煮方便面还给我加俩鸡蛋那叫不爱我？我呸！
杨晓芸：我给狗煮鸡蛋！我呸！
向南：给狗煮方便面你还加俩鸡蛋？我呸！
杨晓芸：我给狗煮鸡蛋！呸！
向南：你就是对我好，承认怎么了？
杨晓芸：呸！我才不承认呢！

向南：我告诉你，我就是你的初恋，我就是你的最爱，我就是离不了的婚！

杨晓芸：你就是一无赖！

向南：谢谢你提醒，我还真就是一无赖，我还就赖上你了。我告诉你杨晓芸，这婚你离不了，因为我改主意了，我不同意离婚。你要是再跟我说离婚，我就告诉你，别跟我开玩笑了，呸！

杨晓芸：呸！离婚！马上离婚！不离我现在就踩死你！

向南：呸！没门儿！

杨晓芸：呸！

向南：呸！玩儿去！你给我玩儿去！你给我玩勺子把儿去！

杨晓芸：你……

向南：呸！

工作人员：哎哎。先生，这儿不能吸烟。

杨晓芸：谁让你抽烟了？

向南：管得着吗？

出门。

向南：看什么呀？看什么呀！都给我玩儿去！又不是拍电视剧，干吗呢，一个个的！

群众：怎么说话呢，这是！

向南：什么怎么说话？

杨晓芸：凭什么不让人家看呀，懂不懂尊重别人啊？我告诉你，这都是我的Fans。

向南：我呸！

杨晓芸：呸什么呀？你就是我的超级大Fans。

向南：呸！

杨晓芸：向南我问你，我到底哪儿好啊？让你成天欲罢不能地使

劲欣赏我?

向南：我怎么那么爱你呀！呸！

杨晓芸：都散了吧，没事儿了，下一对儿啊！

♥

剧情：陆涛的生父想见见他。

陆妈妈：儿子，你亲生父亲要从美国回来了……他在美国赚了很多钱……他想见见你……

陆涛：见面就算了，让他把遗产打我卡里吧！

♥

剧情：向南洗车泼水和大妈发生点……

向南洗车，泼水，冲出一大妈，说：怎么回事，泼我一身?

向南：对不起，我没看见。

大妈：这么大一活人你没看见?

向南：我看到了。

大妈：看到了还泼?

向南：我不泼了。

♥

剧情：灵珊和陆涛的一段对话。

灵珊：别人说男人离不开女人就像鱼离不开水一样。（说话很嗲！）

陆涛：可是没有说鱼离不开哪滴水哦!（学着灵珊的语气。）

♥

剧情：向南劝华子赶紧和露露把手续办了。

向南对华子说："你这么耗着也不是回事儿，你都快把人家耗成妇女了。"

♥

剧情：杨晓芸和向南离婚后感到又累又孤独，晓芸妈妈塞给她一沓钱劝她出去购物放松放松。

晓芸妈妈说："花,随便花，想买什么买什么……别花光啊……"

♥

剧情：华子和春晓约会吃饭。

华子：你就负责吃菜，捡爱吃的吃两口。

春晓：你就负责说话，挑我爱听的说几句。

♥

向南：我们家有院子，你们家有吗？（其实就是老北京老胡同里的四合院。）

华子：我们家有私人专职理发师、洗头护发师，你们家有吗？（刚买下一间二手发廊。）

向南：我们家有结婚没喝完的好几十箱私酒存在丈母娘家，你们家有吗？

华子：我们家有老式越野车，我们没事儿开出去兜风，这么浪漫，你们家成吗？（600块钱都卖不出的N手北京吉普。）

向南：我们家有彩电、冰箱、洗衣机，那叫一方便，你们家有吗？（四合院公用。）

华子：我们家有私企，我们不用出门上班，我们就在家SOHO（家居办公），这么后现代的生活你们家什么年月能赶上？

向南：我们家有成套没开封的现代厨房用品，用都没用就堆在床底下，小两口天天在外面下馆子，吃香的喝辣的，大鱼大肉，花钱如流水，你们家敢这么奢侈吗？

杨晓芸：我真服了他们了，真是名牌大学的大学生啊，破锅破碗的还比呢，比什么比呀，快气死我了，向南我跟了你真的是倒了八辈子血霉，赶紧奋斗啊，咸鱼翻了身再吹。

向南：杨晓芸，你行不行，就你长那咸鱼样儿，还跟我提咸鱼，人咸鱼要腌半年早死了，能翻身吗，你翻给我看，你翻翻你翻。

♥

杨晓芸：唉，你有没有心情特别不好的时候？

向南：其实，我就没有心情特好的时候。

♥

向南：你给我们倒壶茶来。

服务员：先生，我们这儿的茶是论杯卖的。

向南：那就来三杯。

服务员：先生，请问要什么茶？

向南：随便什么茶。

服务员：我们这有菊花、龙井、乌龙、红茶。

向南：红茶。

服务员：先生，我们这儿的红茶是一个人一壶。

向南：你刚才不是不论壶卖吗？

服务员：先生，我是说我们这儿的红茶是装在壶里卖的。

向南：那你就泡一壶得了。

服务员：请问都要红茶吗？

向南：对。

服务员：那先生您就是要三壶了。

向南：等会儿，你把我弄得有点儿乱，怎么又变成三壶了？

服务员：先生，我们这儿的红茶不可以三个人一壶的。

向南：那你就给我来三杯冰水。

服务员：先生，对不起，我们的冰箱暂时坏了，没有冰水。

向南：我要三杯龙井一人一杯。

服务员走后，向南：这哪儿是来消遣，完全是添堵。

♥

剧情：杨晓芸和陆涛一起去找徐志森买房子。

徐志森：陆涛，你的朋友怎么都是女生啊？

杨晓芸：叔叔，陆涛从小就招女生喜欢。我一直追他，可他不同意，没办法，我只能先找他哥们儿凑合着，埋伏在他周围，等他改变主意了，我就有机会了。

最后徐志森把房子降为9折。

微信就怕有互动

丈夫：你总把我的照片放在手包里，你真这么爱我吗？

妻子：当我遇到麻烦，一看你的照片就充满勇气，我对自己说："还能有比他更麻烦的吗？"

海龟很能喝，某天却喝醉了。朋友问："你怎么还会喝醉？"海龟："唉，章鱼那孙子非要和我划拳，那么多手，晕得我看都看不过来，输惨了！"

二柱子：娘，快去看看村东李二婶家新买的背投，可大了。

二柱娘：这都什么年月了，谁还用被头呀！再说了，被头再大，也没有被罩大呀。

地狱和天堂要举行足球赛。天使:"你们输定了,世界上的超级球星全都在天堂。"恶魔:"哈哈!那又怎样?世界上所有的'黑哨'都在我们这里!"

大冷天,阿呆站在汽车站台笑个不停。路人问:"你笑什么啊?"阿呆说:"我刚把卖票的给耍了。"路人问:"你怎么耍了他?"阿呆说:"我买了票,但没上车……"

大龄未嫁女阿花和女友逛街,阿花叹气:"从没有男人见我就开心!"女友安慰:"你看!那边有个男人一直望着你笑呢!"阿花再叹:"那人是整形医生!"

警察学校毕业面试,考官问道:"假如你在执行公务,你怎样驱散疯狂的人群?"年轻的学员略想了一下,答道:"我会向他们募款,长官。"

丈夫:你是怎样控制自己脾气的?
妻子:每次你一生气,我就去洗厕所。
丈夫:洗厕所可以帮你控制坏脾气吗?
妻子:我用的是你的牙刷。

在屁股上放把火试试

螳螂在向蚂蚱炫耀自己的手说:"看我的手里拿着刀多漂亮!"一会儿,公鸡把螳螂吃掉了。蚂蚱骄傲地说:"叫你拿刀,不知道在严打吗?"

小王在戏院里横躺着占了四个位置,别人叫他起来,他只嗯嗯了两声不动地方。保安来了说:"够狠啊,兄弟,哪条道上的?"小王咬咬牙说:"楼上过道摔下来的!"

阿强对朋友说:"我想离婚,我的太太已经有两个月没和我说半句话了。""你得考虑清楚啊!"朋友劝他,"现在这种老婆已经很难找了。"

小乌龟见一只蜗牛练长跑,便问:"你在干什么,慢吞吞的?"蜗牛说:"我在练长跑。"乌龟鄙视地说:"上来吧,我带你。"乌龟背上有只蚯蚓看到蜗牛说:"坐稳点儿,老快了!"

一农民头一次打的,他怕城里的出租司机宰客,到站时拿出螺丝刀边剔牙边问:"多少钱?"只见司机拿出一把菜刀边刮胡子边说:"你看着办吧!"

"爸爸,有人把我们的车偷走了。""你认得那人的模样了吗?""没留意看,但我把车牌号记住了!"

农夫巡视果园,发现一个小男孩爬上了苹果树。"小捣蛋,你等着看,我要去告诉你爸爸!"男孩抬头向上面喊道:"爹,底下有人要和你说话。"

爸爸见小翔做错事,火冒三丈地想揍他一顿。妈妈求情说:"这次就饶了他吧!下次再惩罚他也不迟啊!"爸爸说:"你说得倒简单,若是下次他不再犯呢?"

宠物食品公司作市场调查,接电话的是一个小孩。调查员问:

"你家有没有养小狗、小猫或者小兔?"小孩说:"没有,我妈就生了我一个!"

天空中呼啸地飞过一架喷气式战斗机,小鸟看到后很惊讶,问:"妈妈,那只鸟怎么飞得那么快?"鸟妈妈说:"你在屁股上放把火试试。"

两名驴友一同去登山,其中一位不慎跌下山谷……另一个喊道:"你受伤了吗?"只听见深渊传来回声:"不知道呀,我还在往下掉……"

气死老师的反义词考核

一天,老师走进课堂,学生们一齐起立喊:"老师,早上好!"老师愤愤地说:"只叫早上好?那我下午呢?难道就不好了吗?"

于是学生们又一齐喊:"老师,下午好!"

老师又愤愤地说:"那我晚上呢?"

学生们又一齐喊:"老师,晚上也好!"

老师点点头说道:"这样才行,现在重新喊一遍!"

学生们一齐喊:"老师早上好,下午好,晚上也好!"

老师说道:"坐下!今天我们要复习反义词,我们这样练习,我说一句,你们讲一句,回答不上来将扣10分!你们大声说出反义词。现在开始。"

老师:今天天气很好。

学生:今天天气很坏。

老师：到处阳光明媚。

学生：到处阴云密布。

老师：马路上人山人海。

学生：马路上空无一人。

老师：年轻。

学生：年老。

老师：站立。

学生：躺倒。

老师：有个年轻人站立在路上。

学生：有个年老人躺倒在路上。

老师：我捡到一元钱。

学生：我丢了一元钱。

老师：我捡到一元钱，交给老师。

学生：我丢了一元钱，去偷老师。

老师：错误，不能这样说！

学生：正确，应该这样说！

老师：错误。

学生：正确。

老师：这不行，这是违法行为！

学生：这可以，这是合法行为！

老师：我说错误。

学生：我们说正确。

老师：听老师的，老师说的才是正确的！

学生：听我们的，老师说的都是错误的！

老师：你们愚蠢。

学生：我们聪明。

老师：停止！

学生：继续！

老师：你们现在停止！别说了！

学生：我们现在继续！还要说！

老师：你们这些蠢材，我说停止！

学生：我们都是天才，我们说继续！

老师：你们听老师的！

学生：老师听我们的！

老师：学生都得听老师的！

学生：老师都得听学生的！

老师：现在你们停止练习！

学生：现在我们继续练习！

老师：你们没完没了了吗？

学生：我们有始有终的呀！

老师：那你们就停止！蠢材！

学生：那我们该继续！天才！

爆笑口误

♥

前段时间跟舅舅闹了点矛盾。后来真心悔过,买了点东西去赔不是。到了舅舅家,舅舅开的门。

我说:"舅舅,我错了。"

舅舅说:"舅什么舅,我没你这个舅舅。"

♥

班会课上,班主任老师对同学们说:"现在天气渐渐转冷了,为了加强同学们的体质,以后每天必须进行早练,至于怎么早练……"

忽然一个正在开小差的同学站起来,不解地说:"老师,中学生是不能早恋的!

老师:"……"

♥

我妈有一次去银行交水费。交了钱以后银行的人说:"您这钱不够啊，这儿还有第二页，这个也得交。"

我妈问："第二页是什么？"

工作人员说："污水。"

我妈说："我家从来不喝污水。"

♥

在公司接了个电话，是制衣公司推销的，不停地说给某某大公司做过统一服装之类。本人逮到对方说话的间隙，冲口一句："我们公司统一不着装！"

对方悄声几秒后说了声"打扰了"，然后挂断。

♥

某日，我亲爱的妈咪叫我去买花椒。

妈咪说："去买一斤花椒回来。"

我："一斤？买那么多干吗？"

妈咪："废话，炒菜用！"

我郁闷加诧异地出门去买，临出门时又特地问了句："确定买一斤啊？"

回答我的是老娘的白眼！汗……

到菜市场后，我越想越不对，花椒干吗买一斤啊，也太多了吧？我掏出电话——再次确认！

得到回答还是一样："一斤花椒！"

一斤花椒28块钱，老板给我称好，装袋。我正要掏钱时，电话响了，老妈？！

只听电话那边咆哮："错啦！错啦！不是一斤，不是一斤，是一两！"

♥

　　记得上小学的时候,有篇课文叫《瀑布》,中间说到作者转过一座山见到一条瀑布垂在山间。我的一个女同学朗读的时候声情并茂地念:"转过这座山,我惊呆了,一条破布挂在山上。"

♥

　　去电影院看《加勒比海盗3》,电影开场前有《变形金刚》的预告片,我看见狂派首领的时候怎么也想不起来"威震天"了,也想不起来他的团队叫"霸天虎"。因为太激动了,结果我惊呼:"真帅,是南霸天!"
　　要命的是居然那时候突然特安静没有任何电影音效,N多人盯着我爆笑……

# 原来哲理中也藏着笑点

舌头和牙齿一起住在嘴巴里。

牙齿常常欺负舌头,还喜欢有事没事地咬舌头一下。

舌头也欺负牙齿不爱说话,整天在牙齿面前唠叨个没完。

但牙齿痛的时候,舌头却会默默地舔舐它的痛处。

牙齿和舌头就这么磕磕碰碰地生活在一起。

直到有一天牙齿掉光了,舌头才发觉这世上所有的一切都变得索然无味起来……

从前有个怪老汉,每天他都穿着一件打满补丁的外套四处游荡,而且每一处补丁都有着不同的颜色,看上去艳丽夺目又很滑稽。

一天,一个人好奇地问他:"为什么你要穿这么件怪衣服出来?"

怪老汉笑笑,答道:"衣服上面的每个补丁都代表我见到的人的

一个错误。我不想他们忘记自己曾犯下的过失。"

这个人仔细看了补丁衣服,又问道:"你腋窝下的白色补丁又代表什么呢?"

怪老汉很不情愿地答道:"这是我自己的错误。我把它放在我看不见的地方。"

我家的蚊香用完了,蚊子总是不停地从窗外飞进来。弟弟又气又急,于是急中生智。

弟弟在一张纸上写道"房内点着蚊香",然后把这六个大字挂在窗上。

可是,蚊子还是不停地从窗口飞进来。

弟弟感慨道:"一群文盲!"

不过,他并没泄气,又拿来一张纸挂在窗口。

只见上面画着一个点燃的蚊香,旁边还有几只死蚊子。

一位富婆为自己拥有一只珍贵的古玩花瓶而深感骄傲,以至于她竟要把卧室漆成与花瓶同样的颜色。

几名油漆匠试图调出这个底色,但是谁也没能令那位怪癖的富婆满意。

最后来了位油漆匠。

他非常自信地说自己能调出那种颜色。富婆对他的成果非常满意,油漆匠于是一举成名。

多年以后,他退休了,生意也交给儿子。

儿子问:"爸,有件事我得弄清楚,您是怎样使墙的颜色与花瓶

配得那么绝的?"

父亲回答说:"我漆了花瓶。"

一个小孩大家都说他傻。

当别人拿一张五元和一张十元的钱给他,他总是去拿五元的。

此事很快传开了,大家见了他就用此方法试他,嘲笑他。每次他都面带微笑地拿起五元就走。

一智者听说此事,亲自进行试验,结果与大家说的一样。

智者哈哈大笑,拍着那孩子的肩膀说:"小孩,你太聪明了!"

那孩子也笑了。

小孩从不同人的手中一直白拿着五元钱。

雷人的小学生造句

风味：悟空说："这阵风味道异常，定有妖怪！"

口才：人有口才可以吃饭。

从容：做事应从容易的事做起。

总是：杨总是地球人。

人才：为了减肥，有些人才吃一顿饭。

难看：由于云的遮挡，我很难看见太阳。

的士：大部分的士兵都当不了将军。

墨水：我姐的男朋友胸无点墨水平很低。

月球：已经过了四个月球场还没修好。

大使：作文人物名字出现概率最大、使用次数最多的是"小明"和"小红"。

如果：通过品尝，我觉得牛奶不如果汁可口。

团结：今天吃了两个饭团结果闹肚子了。

可爱：她可爱打扮了。

牛排：一群牛排着队前行。

牛顿：王二伯听说家里丢了牛顿时昏死过去。

手表：王二伯的牛找回来了，他拉着民警的手表示感谢。

大学：我家老大学习成绩很好。

格外：小明不听话，总是把字写到方格外。

水平：别急别急，先喝杯水平静一下。

课本：上课本来就很无聊。

吃香：我很喜欢吃香蕉。

马上：我骑在马上。

签名说出心里话

不求与人相比,但求超越自己。

成长中、痛并快乐的日子叫青春。

签名再美,也写不出自己的伤悲。

当金钱站起来说话时,所有的真理都沉默了。

有些歌词深入人心,我们听的到底是歌还是自己?

不见得我比别人更坚强，只不过我沉默得更彻底。

其实自恋的人很聪明，因为爱上自己永远不会受伤。

当你失落时，留点空白给希望，希望是你的指路明灯。

如果你想要从未拥有过的东西，那么你必须去做从未做过的事情。

我是个多情的人，严格点儿说，我是个自作多情的人。

在你面前，我必须让自己聪明些，免得别人说我们：真是一对傻子。

今天的事情没能在今天做完。对不起，又要麻烦你了，我亲爱的，明天的自己。

股民赚钱都是听到的，亏钱都是自己碰到的。牛市来的时候不相信，熊市来的时候不承认。

上了年纪的哲学家感叹道："当我还是20岁时，我想的只是爱，可现在，我爱的只是想了。"

搞电脑维修的口号是：电脑还是蓝屏的好！

我们这儿的池太浅，养不起你这只大乌龟……

你究竟有几个好妹妹，为何每个妹妹都嫁给人类。

做生意的过程就是一个不断怂恿别人放松警惕，而自己保持高度警惕的过程。

没有了伴侣，连咖啡都是苦的！

后果自负的负，在很多情况下，就是付钱的付！

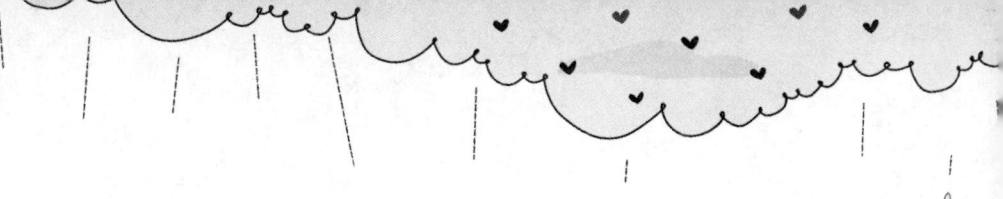

形容外表强壮、内里弱小的词叫什么呢？——外焦里嫩。

控制自己的嘴巴是一种美德，这句话用在减肥上也很美。

我说这位壮士，你在我的伤口上撒完盐，就不要再尝尝咸淡了吧。

新时代女性的标准：上得厅堂，下得厨房，左会出勾拳，右会扇耳光。

现代人普遍不爱让座，恐怕是受了小时候一款叫"抢凳子"游戏的影响。

有些看上去也是干干净净，像about:blank(空白页)一样的人，做起事却乱七八糟得像网址导航站。

没有爱人和没有仇人都使人寂寞。

🌸 对女人来说，完美的婚姻应该是：让老公生活在地狱里，感觉却像在天堂。

🌸 人生就像一道多项选择题，困扰你的，往往是众多的选项，而不是题目本身。

🌸 你可以性感，可以清纯，可以妖艳，可以妩媚……但是，唯独不可以平庸。

🌸 最有效的资本是我们的信誉，它24小时不停地为我们工作。

🌸 做了好事要留名，至少要留下自己的网名。

🌸 一山能容二虎。比如，一只雅虎和一只奇虎。

🌸 千里姻缘一线牵，最好用光纤。

🌸 长大了，乡愁是闪动的QQ，我在这头，不知道她在哪儿。

来而不往非礼也,所以我给邮箱设置了自动回复。

为什么我的眼里常含满泪水,因为这显示器分辨率太低。

历史又翻开了它新的一页,因为我又给自己建了个主页。

得感冒我们有鼻涕,下载电影我们有BT。

早上我卖了我的MP3,晚上我买了个MP4,这就是我的朝三暮四。

予人方便,不如予人方便面。

比较下老婆和老妈，一比吓一跳

1.

老婆总想知道自己和婆婆同时落水时，老公会先救哪个；老妈总是嘱咐儿子要与媳妇相亲相爱、百年好合。

2.

老婆会在夜里起来偷偷摸摸老公鞋垫下藏没藏钱，老妈会在夜里起来摸摸儿子的鞋垫潮不潮。

3.

老婆是把老公累得生病的人，老妈是给儿子生命的人。

4.

老婆经常问老公的工资涨没涨，老妈经常问儿子的工作累不累。

5.

老婆想吃苹果会把刀子递给老公让他来削给她吃。老妈削个苹果会先给儿子吃。

6.

老婆将自己的后半生交给老公，说这是一场赌博；老妈将全部精力花在儿子身上，说这是尽一点母爱。

7.

老婆对出差的老公有无数的限令，老妈对出差的儿子有无尽的牵挂。

8.

老婆总想让老公把她的生日过得有声有色，老妈不想让儿子为自己过什么生日。

9.

老公是老婆的出气筒，老妈是儿子的避难所。

10.

老公是老婆的提款机，老妈是儿子的百宝箱。

11.

老公是老婆的铁板鱿鱼，老妈是儿子的开心农场。

贬义词也能正着解

 见风使舵：这样才能一路顺风。

 班门弄斧：不迷信权威。

 井底之蛙：知足常乐。

 滥竽充数：站在队伍里，如果不会唱，绝不乱唱，这也算是一种道德。

狼狈为奸：团结就是力量。

掩耳盗铃：比不掩耳者低调。

守株待兔：坚持就是胜利。

拔苗助长：时间就是效益。

处心积虑：三思而后行。

舍近求远：兔子还不吃窝边草呢。

招摇过市：宣传很重要。

对牛弹琴：音乐可以提升牛奶的质量。

狐假虎威：不借领导的威信，你们能服我吗？

鹦鹉学舌：外语很重要。

纵虎归山：保持生态平衡。

鸡鸣狗盗：人尽其才，物尽其用。

骑虎难下：身不由己。

沽名钓誉：爱惜名声。

肥头大耳：有福相。

呆头呆脑：大智若愚。

好吃懒做：享受生活。

油腔滑调：口才好。

一意孤行：走自己的路，让别人说去吧。

三心二意：一颗红心，两手准备。

处心积虑：人无远虑，必有近忧。

恃强凌弱：符合逻辑，不可能恃弱凌强。

为虎作伥：良臣择主而侍。

斤斤计较：物价上涨，无奈之举。

心怀鬼胎：作为鬼，不可能怀龙胎凤胎或者龙凤胎。

徒劳无功：不是说过程最美丽吗？

乐不思蜀：追求快乐，忘记烦恼。

得陇望蜀：不想当将军的士兵不是好士兵。

纸上谈兵：如果我做不了将军，就做一个参谋。

盛气凌人：符合逻辑，弱气怎么凌人？

画蛇添足：艺术创造的需要。

东施效颦：超级模仿秀。

杞人忧天：天下兴亡，匹夫有责。

异想天开：社会进步的需要。

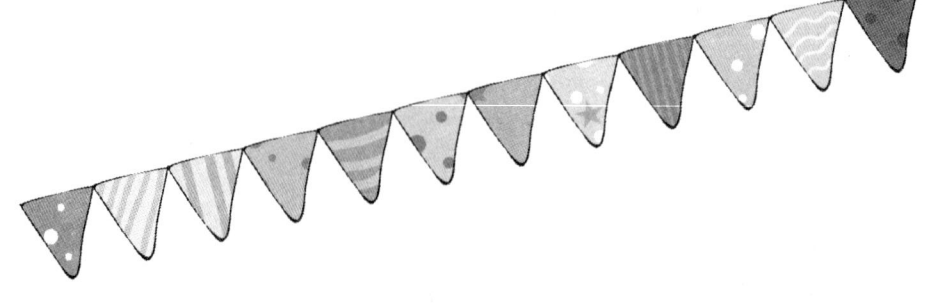

字说字话

♥

亓对元说：你不就有点钱吗，翘什么尾巴？

♥

闪对人说：对不起，我这小店已客满了，你找别的地方吧。

♥

吕对品说：咱们是同时结婚的，你们已是三口之家了，而我们还是两口人。

♥

方对万说：要不是当年被单位卡住不放，我也下海经商了，现今说不定早就腰缠万贯了。

♥ 骂对哭说：被狗咬了光哭有啥用，得马上去防疫部门打防疫针呀！

♥ 土对尘说：你怎么那么好张扬，真讨厌！

♥ 心对必说：心胸还是应该开阔一些，不要钻牛角尖，否则心里整天就像插上一把刀，活得多痛苦呀！

♥ 尘对雨说：真得感谢你对我的救助，让我回到了大地而结束了颠沛流离的生活。

♥ 兀对丽说：哇！这就是你生的一对双胞胎女儿？长得真漂亮！

♥ 闪对门说：把人都给得罪光了，再也没有人去你家串门了吧！

♥ 五对伍说：几年不见，这么快就发达了，还雇了个保镖！

♥ 宾对兵说：谁叫你对得罪不起的客人接待不周，把官帽给弄丢了

吧!

♥

必对心说：你的移情别恋，是插在我心中的一把刀啊！

♥

闯对马说：跑得再远，你也逃不出我的手掌心！

♥

日对月说：几天不见，你的腿长长了，个子比我都高了。

♥

木对架说：官做得不大，架子倒不小！

♥

红对朱说：咱俩是同胞姐妹呀，为什么长得一点都不像呢？

♥

学对字说：老兄，近日遇到麻烦啦？看你急得头发都快要掉光了！

♥

土对王说：你肚子里有多少货我能不知道？！去掉你头上那顶小官帽，你跟我还不是一个样！

♥

　　大对太说：我承认，你是比我有点子，但你混得也并不比我好到哪儿去呀！

♥

　　口对只说：年纪轻轻的，留什么胡子！

♥

　　从对巫说：为了工作，你们夫妻俩这样长期分居，真不容易！

♥

　　舌对乱说：谁叫你胡说八道，添乱了吧！

♥

　　巾对市说：你才做了几天城里人，就戴个带把儿的帽子，洋里洋气的！

♥

　　买对卖说：谁叫你出卖自己的灵魂，背上十字架了吧！

♥

　　日对旧说：日子得往前过呀，怎能天天沉浸在过去的不愉快中而不能自拔呢！

♥

　　目对眉说：别装了，你以为你戴个头盔我就认不出你了？

♥

氽对囚说：你别耻笑我掉水里，我能游出来，而你呢?

♥

牛对牢说：谁叫你偷懒，又被关进牛棚了吧！

♥

用对甩说：啥素质，垃圾怎能随意往外乱扔呢！

♥

叽对讥说：话从你嘴里出来怎么老是带刺，好像别人欠你什么似的！

♥

闯对闲说：老待在家里可不是事呀，过了年到外面去闯荡闯荡吧！

♥

睡对垂说：只是因为多看了你一眼，从此我就萎靡不振，天天打盹儿。

♥

垂对睡说：我有那么难看吗？小心我拿手捶死你！

♥

盲对亡说：只是因为多看了你一眼，从此我只能拄着双拐探路

了。

♥

亡对盲说：怎么那么不小心，不过你还算幸运，没有在人世间消失。

♥

眩对玄说：只是因为多看了你一眼，从此老眼昏花摸不着边际。

♥

玄对眩说：姐有那么大的杀伤力吗？你说得太玄了。

♥

省对少说：只是因为多看了你一眼，从此我的日子就过得紧巴巴的了。

♥

少对省说：这就对了，这年头赚几个钱不容易，少吃少用，节约是美德。

♥

眯对米说：只是因为多看了你一眼，从此我的眼睛就成一条缝了。

♥

米对眯说：我们米家有好吃的这么让你上火？眼皮肿得都亲密接触了。